Hermann Knapp

KEIN WEIHNACHTEN OHNE WÜRSTEL

Heiteres, Romantisches, Schräges
und Bissiges zur
schönsten Zeit im Jahr

Hermann Knapp
KEIN WEIHNACHTEN OHNE WÜRSTEL
Heiteres, Ironisches, Schräges und Bissiges zur schönsten Zeit im Jahr

Herausgegeben von: Verlag am Rande

A-4621 Sipbachzell · T: 0043 664 7503 7100
office@verlag-am-rande.at · www.verlag-am-rande.at

ISBN: 978-3-903190-43-6

1. Auflage 2021, 2. Auflage Dezember 2022

Layout: Joachim Grübler · www.jographic.at
Druck: Totem, www.totem.com.pl/de
Autorenfoto: privat
Coverfoto: istockfoto.com/igorr1

Hermann Knapp

KEIN WEIHNACHTEN OHNE WÜRSTEL

Heiteres, Romantisches, Schräges
und Bissiges zur
schönsten Zeit im Jahr

Verlag am Rande

Inhalt

Kein Weihnachten ohne Würstel

Zu Weihnachten gibt's bei uns Frankfurter Würstel. Das ist genauso Tradition wie der Christbaum, die Casali-Schnapsflascherl und die Sternspritzer. Bei meiner Oma, bei der ich aufgewachsen bin, sind am Heiligen Abend auch immer Würstel auf den Tisch gekommen. Als Kind hat mir davor gegraust und bis heute sind sie nicht gerade meine Lieblingsspeise. Aber Tradition ist halt Tradition. Und Weihnachten ohne Frankfurter, das wäre für mich wie eine Krippe ohne Ochs und Esel.

Für meine Oma waren die Würstel das, was für andere Leute die Weihnachtsgans oder der Karpfen ist. Etwas ganz Besonderes. Warum, das hat sie mir nie erzählt, aber ich glaube, es hat etwas mit dem Krieg und dem Hunger damals zu tun gehabt. Vielleicht hat es ja beim ersten Weihnachtfest nach Kriegsende bei der Oma Würstel gegeben oder sie waren die Lieblingsspeise meines Opas. Der ist schon gestorben, als ich noch ganz klein war, was aber nicht an den Würsteln gelegen haben muss. Ich habe es nie geschafft, meiner Oma zu sagen, dass ich die Frankfurter eigentlich nicht mag. Irgendwie hatte ich immer Angst, ihr damit das Herz zu brechen. Weihnachten ohne Würstel, das wäre für sie gewesen wie eine Krippe ohne Stern von Bethlehem.

Einmal mussten wir in der Volksschule im Religionsunterricht einen Aufsatz über das Wunder der Heiligen Nacht schreiben. Der Pfarrer war dann ganz empört, weil in meiner Version die Hirten dem Jesuskind nicht nur huldigten, sondern der Heiligen Familie auch Würstel brachten. Aber ich dachte mir, dass die Hirten bestimmt praktisch veranlagt waren und dass sich Maria und Josef nach all den Strapazen, die sie hinter sich hatten, sicher über die Würstel freuten, die damals wahrscheinlich noch nicht Frankfurter hießen. Der Pfarrer zitierte meine Großmutter zu sich und trug ihr auf, ein streng katholisches Auge auf mich zu haben, weil aus einem kleinen Heidenkind allzu leicht ein ausgewachsener Atheist wird. Meine Oma hat ihm das hoch und heilig geschworen, aber ich glaube, eigentlich hat ihr meine Geschichte mit den Würsteln gefallen, denn sie hat nicht mit mir geschimpft.

Meiner Frau und meinen Kindern schmecken die Würstel auch nicht besonders, aber sie essen sie mir zuliebe, so wie ich es für meine Oma getan habe. Das ist sozusagen ihr kollektives Familienweihnachtsgeschenk an mich. Sogar mein Ältester, der schon seit ein paar Jahren Vegetarier ist, tut so, als würde er am Heiligen Abend eine Ausnahme machen und die Würstel mit Genuss verspeisen. In Wirklichkeit lässt er sie, wenn ich gerade wegschaue, stückchenweise unter dem Tisch in einem Sackerl verschwinden. Später in der Nacht verfüttert er sie auf der Terrasse an die Katzen. Das glaubt er zumindest. Aber nicht einmal unsere Katzen mögen die Würstel, und deshalb räume ich sie am Christtag – zeitig in der Früh – weg, damit mein Sohn nicht merkt, dass ich weiß, was er damit tut. Genaugenommen machen die Frankfurter unser Fest ein wenig kompliziert und trotzdem wäre Weihnachten ohne Würstel für mich undenkbar. Das wäre wie eine Krippe ohne Hirten.

Ganz bestimmt wäre der Heilige Abend bei uns ohne Würstel auch nicht so feierlich. Wir essen sie nämlich immer knapp vor der Bescherung und außer mir sind dann alle so froh, dass sie es hinter sich haben, dass sie schon deshalb in ganz festliche Stimmung kommen – noch bevor wir die Kerzen am Christbaum anzünden und Stille Nacht singen, nicht sehr schön, wie ich zugeben muss, aber mit Begeisterung. Manchmal tut mir das Christkind leid, wenn ich mir vorstelle, was es sich am Heiligen Abend so alles anhören muss. Wenn ich ein Künstler wäre, ich würde ein Christkind schnitzen, das sich die Ohren zuhält. Vermutlich hat der Pfarrer damals doch recht gehabt. In der Tiefe meines Herzens bin ich ein Heidenkind.

Im Vorjahr wäre unser Weihnachtsfest beinahe zum Desaster geworden. Wegen eines wichtigen Projekts musste ich auch am 24. Dezember noch arbeiten und deshalb stürmte ich erst ganz kurz vor Ladenschluss in den Supermarkt. Und so unglaublich es klingt – es gab dort keine Frankfurter mehr, nicht einmal mehr verpackt oder eingefroren. Offenbar essen viel mehr Leute zu Weihnachten Würstel, als ich mir je hätte träumen lassen. Letztlich blieb mir nichts anderes übrig, als vegane Frankfurter zu kaufen. Ich weiß nicht, ob ich es schon erwähnt habe, aber Weihnachten ohne Würstel, das wäre für mich wie eine Krippe ohne Maria und Josef.

Unser Großer hat dieses Weihnachten seine Würstel mit Begeisterung gegessen, dafür haben wir anderen, wenn er gerade nicht hergeschaut hat, sie stückchenweise unter dem Tisch in Sackerln verschwinden lassen. Und in der Nacht habe ich sie dann für die Katzen auf die Terrasse gelegt. Nicht weil ich geglaubt habe, dass sie sie fressen werden, aber ich hänge halt an Traditionen. In der Früh wollte ich die Würstel dann wegräumen, aber sie waren nicht mehr da. Seitdem sehe ich unsere Katzen mit anderen Augen. Ich muss zugeben, so gewundert habe ich mich noch nie zu Weihnachten, auch wenn es ja als die Zeit der Wunder gilt.

Heuer habe ich die Frankfurter rechtzeitig besorgt, um das Fest nicht wieder zu gefährden. Dabei habe ich aber ein wenig geschummelt. Denn mein Großer und auch die Katzen bekommen vegane Würstel. Ich glaube, meine Großmutter – Gott hab sie selig – wird mir den Schwindel verzeihen.

Meine Frau ermahnt mich jedes Jahr, dass ich ob meiner Würstelobsession nicht vergessen soll, worum es bei Weihnachten eigentlich geht. Um die Familie, um die Liebe, die uns verbindet, um den Frieden und natürlich vor allem um das Kind, das vor mehr als 2000 Jahren geboren wurde, um die Welt zu heilen. Ich weiß ja, dass meine Frau recht hat und dass es eigentlich egal ist, was am Heiligen Abend auf die Teller kommt. Aber ich kann halt nicht aus meiner Haut.

Und Weihnachten ohne Würstel, das wäre für mich wie eine Krippe ohne Christkind!

Eine schöne Bescherung

Ein Weihnachtsmärchen

An jenem Weihnachtsabend riss dem Christkind die Geduld. Der Engelchor sang gerade Stille Nacht. Doch still war diese Nacht nicht. Das Christkind konnte kaum ein Wort von dem verstehen, was die goldgelockten Engel auf ihrer Wolke vor ihm trällerten – denn von unten, von der Erde her, tönte ein gewaltiges Dröhnen und Krachen und Donnern und Schreien und Wehklagen herauf. Das Christkind wurde neugierig. Es sank mit seinen Engeln und seiner Wolke ein wenig weiter hinab, um zu sehen, was vor sich ging.

Da zischte plötzlich ein Düsenflugzeug so nahe an der Wolke vorbei, dass der Luftzug dem Christkind die goldenen Locken durcheinanderwirbelte und einigen Engeln beinahe die Harfen aus den Händen riss. Sie flatterten vor Schreck so heftig mit ihren Flügeln, dass sie einige ihrer wunderschönen Federn verloren. Diese fielen zur Erde hinab. Und sofort begannen sich die Menschen darum zu streiten. Oben im Himmel sah das Christkind den Piloten streng an, der in diesem Moment nicht sehr intelligent dreinschaute. Er hatte die Augen weit aufgerissen und den Mund auch und starrte verdattert auf die Engelschar. Schließlich ließ das Christkind die Wolke wieder hoch hinaufsteigen in den Himmel – aus der Reichweite der fliegenden Maschinen der Menschen hinaus.

Aber dem Lärm, der von der Erde heraufdröhnte, dem Knattern der Maschinengewehrschüsse, dem Donnern explodierender Bomben und den qualvollen Schreien der sterbenden Menschen konnte sich das Christkind damit nicht entziehen. Sosehr die Engel sich auch bemühten, den schrecklichen Krawall mit ihren Liedern zu übertönen, es gelang ihnen nicht. Da wurde das Christkind sehr zornig und es stampfte wütend mit dem kleinen Fuß auf die weiße Wolke. Dann wurde es plötzlich sehr traurig, setzte sich hin und weinte bitterlich. „Nicht einmal heute, an meinem Geburtstag, können sie Ruhe geben", flüsterte es. „Keine Spur von Frieden auf Erden. So kann es nicht weitergehen. Es muss etwas geschehen."

Einen Augenblick lang überlegte das Christkind ernsthaft, ob es nicht erneut zur Erde kommen sollte – sofort auf der Stelle, in einer Krippe in einem Stall wie damals vor mehr als 2000 Jahren. Es würde warten, bis der Stern die Menschen zu Tausenden herbeigelockt hatte – und dann würde es ihnen eine Strafpredigt halten, die sich gewaschen hatte. Das Christkind war schon drauf und dran, seinen Plan in die Tat umzusetzen, als sich ein unbequemer Gedanke in seinen Kopf stahl: Was ist, wenn niemand zuhört? Oder noch schlimmer: Was ist, wenn überhaupt niemand kommt? Das Christkind seufzte. Die Menschen hatten so viel mit ihren Geschäften und ihren Kriegen zu tun – vermutlich würden sie den Stern nicht einmal bemerken. Und wenn doch, dann würden sie ihn für ein natürliches Phänomen halten – möglicherweise auch für einen Kometen, der sich anschickte, ihnen auf den Kopf zu fallen. Aber das Christkind wollte die Aufmerksamkeit der Menschen, keine Massenpanik.

Nein, es musste sich etwas anderes einfallen lassen. Die Zeiten hatten sich geändert. Und andere Zeiten erforderten andere

Maßnahmen. Drastisch mussten sie sein, das war dem Christkind klar, denn sonst würde sich auf der Erde nichts ändern. Das Christkind grübelte eine Weile nach. Da fiel ihm plötzlich der Brief ein, den es vor wenigen Tagen von einem kleinen Jungen erhalten hatte. Es las ihn, dachte lange darüber nach ... und las ihn noch einmal.

Und dann lächelte das Christkind. Ja, das war es! Es würde einfach den Wunsch dieses Jungen erfüllen.

Sofort setzte es sich auf eine kleine Wolke, nahm einen großen Sack Sternenstaub, machte sich auf den Weg rund um den Globus und streute über jedem Land, jeder Stadt, jedem Dorf ein wenig davon aus. Allmählich wurde es ruhig auf der Welt. Und als das Christkind seine Runde beendet hatte, war die Stille Nacht tatsächlich still. So still wie seit Jahrzehnten nicht mehr!

Unten auf der Erde, in irgendeiner Wüste, starrte der General den Soldaten, der gerade in sein Zelt getreten war, wütend an. Konnte es sein, dass die stechende Sonne ihm das Hirn verbrannt hatte? Was redete der Mann da für einen Quatsch! Oder wollte er ihn vielleicht gar auf den Arm nehmen? Nein, das würde kein Soldat riskieren; dafür schaute der Mann auch viel zu ernst und zu ängstlich drein – was kein Wunder war: Er hatte sich schließlich ausrechnen können, dass seine Nachricht den General sehr zornig machen würde. Er duckte sich, fast wie ein Hund, der Schläge erwartet.

„Sagen Sie das noch einmal!“, verlangte der General. Der Soldat zitterte. Er war der Verzweiflung nahe … und einem Weinkrampf. „Unsere Panzer, unsere Gewehre, unsere schönen Bomben, sie alle …“, stammelte er und verstummte dann hilflos … „Am besten, Sie sehen sich das einfach selbst an“, schlug er vor. Der General nickte grimmig. Aus diesem nervösen Burschen würde er ohnehin keine brauchbare Information herausholen können. Er schritt an dem Soldaten vorbei dem Zeltausgang zu. Er schlug die Plane zur Seite, trat hinaus in die Wüste und blieb wie angewurzelt stehen. „Nein!“, murmelte er. „Nein, das kann nicht sein!“

Auf den ersten Blick schien alles unverändert. All seine schönen Panzer und Kanonen standen noch immer da draußen. Aber sie hatten sich drastisch verändert: Sie waren nicht mehr aus Stahl, sondern aus … Marzipan und Schokolade. Die Soldaten waren ausgestiegen und starrten die Maschinen kopfschüttelnd an, viele blickten auch verwirrt auf die Gewehre und Pistolen in ihren Händen, die plötzlich zu Lebkuchen geworden waren. Und der General sah, dass manch einer verstohlen den Lauf seiner Pistole in den Mund steckte und abbiss. Das brachte ihn fast zur Weißglut. Eine Waffe aufzuessen, das grenzte in seinen Augen an Landesverrat. Am liebsten hätte er in diesem Moment seine eigene Pistole genommen und das erstbeste dieser Schleckermäuler niedergeschossen – um ein Exempel zu statuieren. Doch das ging nicht, denn auch seine Pistole war zu Lebkuchen geworden. Und der duftete – wie der General zugeben musste – ausgezeichnet, ganz ausgezeichnet, geradezu wunderbar.

Plötzlich ertappte sich der General dabei, wie er sich selbst ein Stück seines ehemaligen Schießeisens in den Mund stopfte. Er konnte nicht anders, als begeistert zu kauen. Es schmeckte einfach großartig. Aber dann blieb ihm der Bissen fast im Hals stecken. Jetzt verstand er. Das war ein Angriff! „Welch schreckliche Waffe haben unsere Feinde da ersonnen. Sie verwandeln unsere Ausrüstung in Schokolade und untergraben zugleich die Moral der Truppe!", murmelte er erschüttert. Der General wusste genau: Wenn der Gegner jetzt angriff – und das würde er ohne Zweifel tun –, dann waren sie ihm hilflos ausgeliefert. Schon glaubte er auch, den Feind kommen zu hören.

Tatsächlich erklang nicht weit vom Lager entfernt, noch versteckt hinter einer Düne, das Stampfen vieler Füße, und das Gewirr zahlreicher Stimmen wehte zum General herüber. Er schüttelte verächtlich den Kopf. Was mochte das für ein undisziplinierter Haufen sein, der da auf sie zustürmte. Bei einem Angriff gab es nichts zu reden. Dann sah er die gewaltige Menschenmenge: Tausende und abertausende Körper tauchten am Kamm der Düne auf und eilten im Laufschritt, aber in einem wüsten Durcheinander, auf das Lager zu. Der General wollte seinen Soldaten den Befehl zum Feuern erteilen: Da fiel ihm gerade noch ein, dass das sinnlos war: Lebkuchen und Schokoladepanzer eignen sich nicht sehr gut zum Kämpfen. Jetzt blieb ihm nur noch eines: in Würde zu sterben. Vielleicht mit einem süßen Geschmack im Mund. Der General biss nochmals von seiner Pistole ab – einem Todgeweihten stand bekanntlich eine Henkersmahlzeit zu.

Dann war die fremde Horde da. Der General ballte die Fäuste, bereit, sich im Nahkampf mit bloßen Händen bis zum letzten Atemzug zu verteidigen. Doch die Heranstürmenden kümmerten sich überhaupt nicht um ihn. Es waren keine feindlichen Soldaten, die das Lager überrannten – sondern tausende und abertausende Kinder. Alle stürzten sich auf die Schokoladenpanzer, die Marzipankanonen und die Lebkuchenmunition und fingen an, sie aufzuessen.

Hilflos musste der General zusehen, wie ein Panzer nach dem anderen in erschreckendem Tempo in den Mündern der Kinder verschwand. Sie waren wie die biblischen Heuschrecken, die Ägypten heimsuchten. Als sie abzogen, blieben nur seine Soldaten und die Zelte zurück. Die Panzer, Kanonen und auch alle Handfeuerwaffen waren verschwunden. Der General sank in den Sand und begann zu weinen. Sein ganzes Leben schien ihm keinen Sinn mehr zu haben. Sein Blick fiel auf die Reste der Lebkuchenpistole, die er noch immer in den Händen hielt. Die hatten die Kinder übersehen. Vor lauter Kummer aß er sie nun selbst auf!

Wie diesem General erging es allen Militärs überall auf der Welt. Denn alle Waffen, die es auf der Erde gab, verwandelten sich an diesem Heiligen Abend in Schokolade, Marzipan oder Lebkuchen. Und wie aus dem Nichts tauchten selbst auf den abgelegensten Militärstützpunkten, in Unterseebooten, tausende Meter unter dem Meeresspiegel, in geheimen Forschungslabors, ja selbst auf Raumstationen weit entfernt von der Erde Kinder auf und verschlangen die Köstlichkeiten: Sie vernaschten Kampfflugzeuge, überrannten Raketenbasen und aßen die nun zuckersüßen Sprengköpfe, brachen in Munitionslager ein und stopften sich mit Schokoladepatronen voll. Es war ein Festschmaus für die Kinder dieser Welt. Jedes konnte essen, so viel es hinunterbrachte, und manche aßen auch noch mehr.

Das Christkind saß oben im Himmel auf seiner Wolke und sah zu und es freute sich über den kräftigen Appetit der Kinder. Zugleich hatte es auch ein wenig Gewissensbisse, wenn es an ihre Zähne und an die vielen verdorbenen Mägen dachte – doch nur ein ganz klein wenig.

In jener Heiligen Nacht verschwanden alle Waffen von dieser Erde. Und das für alle Zeiten. Denn es gelang den Menschen nicht, neue zu bauen. Jeder Panzer, jedes Flugzeug, jede Kanone, jede Bombe, jede Pistole, die von den Fließbändern der Waffenfabriken rollte, wurde augenblicklich zu Marzipan, Schokolade oder Lebkuchen. Auch Messer und andere Gegenstände, die Menschen als Waffen gegen Artgenossen benützten, verwandelten sich augenblicklich in Süßigkeiten. Schließlich wurde den Menschen klar, dass sie lernen mussten, ihre Konflikte anders zu lösen als mit Waffengewalt. Denn mit Pistolen, Panzern und Bomben aus Marzipan, Schokolade und Lebkuchen – das begriffen die Politiker allmählich – ließ sich schlecht Krieg führen. Vielleicht half es ja, wenn man miteinander redete?

Der General, der am Heiligen Abend in der Wüste stand und auf seiner Lebkuchenpistole herumkaute, wusste noch nichts von dieser globalen Entwicklung. Dennoch ahnte er, dass sich die Welt in dieser Nacht grundlegend verändert hatte, und er war ein wenig verzweifelt, weil er befürchtete, seinen Beruf zu verlieren. Er hatte nichts anderes gelernt, als Soldat zu sein. Aber als er das letzte Stück von seiner süßen Waffe aß, kam ihm plötzlich in den Sinn, dass es eigentlich ganz toll wäre, sich auf Zuckerbäcker umschulen zu lassen. Und mit einem Blick auf den Wüstensand, auf dem vor wenigen Stunden noch Panzer und Geschütze gestanden hatten, murmelte er kopfschüttelnd: „Das ist ja eine schöne Bescherung!"

Das Christkind oben im Himmel hörte seine Worte. Es nickte und lächelte zufrieden. Es fand auch, dass das eine schöne Bescherung war. Die schönste Bescherung seit 2000 Jahren!

Distelbauers letzte Weihnachten

Es war nicht sicher, ob der alte Franz Huber – der sich selbst Distelbauer nannte, nach dem Distelhof, den er bis zu seiner Pensionierung bewirtschaftet hatte – dieses Weihnachtsfest noch erleben würde. Der Name Distelhof war ein wenig irreführend, denn die Felder und Wiesen, die zu dem Anwesen gehörten, waren alles andere als karg und hatten ihn, seine Maria und ihre Tochter Julia immer gut ernährt. Dass der Distelbauer im Sterben lag, wusste er und das wussten auch alle anderen im Altersheim, wie es im Volksmund immer noch hieß, obwohl es zuerst in Pflege- und Betreuungszentrum und später in Seniorenresidenz umbenannt worden war. Heutzutage brauchte eben alles von Zeit zu Zeit ein neues Mascherl. Dem Distelbauer war das egal. Er hatte das Altersheim bei seinem Einzug mit dem ihm eigenen schwarzen Humor „Pension Friedhofsblick" getauft und sah keinen Grund, daran etwas zu ändern. Denn wohin er von hier aus übersiedeln würde, war sonnenklar. Und der Umzug rückte immer näher, denn sein Lungenkrebs war weit fortgeschritten, und ihm blieben nur noch Wochen, vielleicht Tage.

„Weihnachten würde ich schon gerne noch einmal erleben", sagte der Franz öfter, auch wenn er sonst weit davon entfernt war, mit seinem Schicksal zu hadern. Als der Arzt ihm die schlechte Botschaft, dass er nun austherapiert sei, überbrachte, hatte er nur mit den Achseln gezuckt. „Ich freue mich darauf, meine Maria wiederzusehen, und irgendeinen Tod muss man sterben. Ich bin 91 Jahre alt und schon lange bereit, zu gehen", sagte der Distelbauer und fügte nicht ganz ohne Schadenfreude hinzu: „Wissen Sie, die meisten, die mir prophezeit haben, dass mich das Rauchen umbringen wird, sind längst unter der Erde." Zwar hatte der Franz nie im Leben jemandem etwas Schlechtes gewünscht, aber ein wenig amüsierte es ihn schon, dass er all die Gesundheitsapostel, die ihn zu einem anderen Lebenswandel bekehren wollten, lange überlebt hatte. Zum Beispiel seinen Cousin, den Egon, einen Vegetarier und Marathonläufer. Der war mit 55 Jahren an dem Herzinfarkt gestorben, vor dem er den Distelbauer immer gewarnt hatte.

Auch wenn der Franz selbst das Rauchen zeitlebens nicht lassen konnte, hatte er seine beiden Enkel in ihrer Pubertät doch beschworen, nie damit anzufangen. Es hatte ihn zwar nicht frühzeitig umgebracht, aber er musste einen hohen Preis dafür bezahlen, einen sehr hohen. Doch das hatte der Distelbauer erst erkannt, als es zu spät war. Seine Frau, die Maria, hatte dem Franz, nachdem ihre Tochter zur Welt gekommen war, ein Ultimatum gestellt. „Entweder du hörst mit dem Rauchen auf oder du ziehst aus dem Schlafzimmer aus. Die früheste Erinnerung unserer Julia an ihren Vater soll nicht die sein, dass er stinkt", hatte sie gesagt und ihm gleich in allen Räumen, in denen die Kleine sich künftig aufhalten würde, ein striktes Rauchverbot erteilt. Damals hatte der Distelbauer wirklich versucht aufzuhören, es letztlich aber nicht geschafft. Also war ihm nichts übriggeblieben, als murrend ins Gästezimmer zu übersiedeln. Maria hatte sich sehr gegrämt und eine Zeitlang war ihre Beziehung frostig gewesen, aber schließlich hatte sie ihm verziehen. Ins Schlafzimmer durfte er allerdings auch nicht mehr zurück, als ihre Tochter längst ins Kinderzimmer übersiedelt war. Nur wenn Maria befand, dass es wieder einmal an der Zeit sei, dass sie ihre ehelichen Pflichten erfüllten, ließ sie ihn ein, und das auch nur, wenn er sich davor gründlich gewaschen hatte. Bei ihr schlafen durfte er nicht. „So ist das halt, wenn man zwei Geliebte hat. Dann kann man keine ganz haben“, sagte sie streng, wenn er protestierte, und das nahm dem Franz jedes Mal den Wind aus den Segeln. Denn es stimmte ja, was die Maria sagte, der Tabak war neben seiner Frau die zweite große Liebe in seinem Leben und auf beide konnte er nicht verzichten. „Ich bin ein hoffnungsloser Bigamist“, dachte er manchmal schuldbewusst. Es wäre ihm nie in den Sinn gekommen, sich selbst als süchtig zu bezeichnen. Er liebte die Maria und er liebte seine Zigaretten. So war das halt. Erst als er an Marias Sarg stand, bereute er bitter, nicht vom Rauchen gelassen zu haben. Denn da wurde ihm plötzlich bewusst, wie viele Nächte er seine Frau deswegen nicht hatte im Arm halten können, wie viel Nähe und Glück ihm dadurch entgangen war. Jetzt hätte der Franz die vielen Zigaretten ohne Zögern für eine einzige Nacht mit seiner Maria eingetauscht. Doch dafür war es zu spät.

Nach dem Begräbnis verbannte der Distelbauer aus Verzweiflung und Trotz den Tabak aus seinem Leben – genau eine Woche lang. Dann stand er an Marias Grab und hielt stumme Zwiesprache mit ihr. „Ich kann nicht meine zwei Geliebten auf einen Schlag verlieren. Das übersteigt meine Kräfte“, klagte er mit Tränen in den Augen und setzte den treuherzigen Hundeblick auf, mit dem es ihm oft gelungen war, Marias Herz zu erweichen, wenn sie ihm zürnte. „Und wahrscheinlich“, fuhr der Franz fort, „bringt mich jede Zigarette, die ich rauche, ja ein wenig schneller zurück zu dir." Nach diesen Worten stand er da und lauschte in sich hinein. Als er schon fürchtete, seine Maria habe ihn wirklich und endgültig verlassen, glaubte er plötzlich, ihr leises Lachen in seinem Kopf zu hören und dann ihre Stimme, die zärtlich flüsterte: „Du mein kleiner Holzkopf!" So hatte sie ihn immer genannt, wenn sie ihm nach einem Streit verziehen hatte. Und jetzt, das fühlte der Franz in seinem Herzen, gab sie ihm damit ihren Segen, doch wieder zu rauchen. Also griff er in die Jackentasche, holte eine vorsorglich mitgebrachte Zigarette heraus, zündete sie an, stieß einen erleichterten Seufzer aus und nahm einen ersten tiefen Zug. Seit damals waren 20 lange Jahre vergangen. Die Zigaretten ließen sich viel Zeit damit, ihn zu seiner Maria zurückzubringen.

Ins Altersheim war der Distelbauer vor zehn Jahren eingezogen und in all der Zeit hatte keiner der Bewohner und auch niemand vom Personal ihn je schlecht gelaunt oder frustriert erlebt. Er war wie ein alter Baum, den die Stürme des Lebens zwar beutelten, aber nicht brechen konnten. Nicht einmal als seine Tochter vor acht Jahren von ihrer Firma einen interessanten und lukrativen Job in Kanada angeboten bekommen hatte und mit ihrem Mann und ihren beiden Söhnen ausgewandert war, hatte er mit dem Schicksal gehadert. „Geh", hatte er zu Julia gesagt. „Es ist dein Leben – und wenn du glücklich bist, bin ich es auch." Damals hatten sie den Hof, der zuvor verpachtet worden war, verkauft und den Großteil des Geldes hatte er seiner Tochter als Startkapital für ihr neues Leben mitgegeben. Sie hatte ihm versprochen, jedes

Jahr im Sommer auf Urlaub nach Österreich zu kommen und ihn dann zwei Wochen lang jeden Tag im Heim zu besuchen. Doch darauf wollte der Distelbauer nicht warten. Also hatte er sich mit seinen 83 Jahren einen Laptop gekauft, einen Computerkurs für Senioren belegt, wenig später seinen beiden Enkelsöhnen eine Freundschaftsanfrage auf Facebook geschickt und seine Tochter mit einem Skype-Anruf überrascht. „Ich bin alt, aber nicht altmodisch", hatte er ihr schelmisch erklärt. Jede Woche sprachen sie ein oder zwei Mal miteinander, inzwischen übrigens mit dem Programm Teams, samt Bildübertragung. Das hatte sich der Distelbauer installieren lassen, als das Coronavirus das Land beutelte und sich das Altersheim in eine Festung verwandelte. Keine Besucher durften mehr herein und die Bewohner nicht einmal ihre Zimmer verlassen. Kurz hatte der Franz damals überlegt, das Haus in „Pension Alcatraz" umzutaufen, weil die Senioren nun ja alle in Einzelhaft waren, aber sich dann doch dagegen entschieden. Für ihn war der Verschlusszustand ja gar nicht so schlimm, weil ohnehin niemand da war, der ihn hätte besuchen können. Viele andere Bewohner fühlten sich hingegen fürchterlich einsam, weil sie ihre Lieben nicht sehen konnten, und sie hätten für regelmäßige Treffen gerne ein paar Monate Lebenszeit eingetauscht. Denn allein in ihrem Zimmer zu sitzen und auf den Tod zu warten, das war für sie ohnehin kein Leben. Angst vor dem Virus hatte der Distelbauer keine. Wenn es ihn schneller als die Zigaretten zu seiner Maria zurückbrachte, sollte ihm das recht sein.

Obwohl ihm der Krebs nun schon seit eineinhalb Jahren die Lungen zerfraß und er schwere Hustenanfälle hatte, rauchte der

Distelbauer übrigens noch immer und dachte auch nicht daran, damit aufzuhören. „Ich bin praktisch ja schon tot. Wozu also?“, meinte er achselzuckend auf entsprechende Empfehlungen der Ärzte. Früher hatte er immer das Raucherkammerl des Personals benutzen dürfen, aber seitdem er das Bett nicht mehr verlassen konnte, hatte er eine Ausnahmegenehmigung erhalten, in seinem Zimmer zu rauchen. Diplomkrankenschwester Annabell hatte den Heimleiter dazu überredet. Der war insgeheim ein wenig verliebt in die fesche junge Frau und konnte ihr daher wenig abschlagen. Der Distelbauer hatte zu Annabell über die Jahre ein besonderes Vertrauensverhältnis entwickelt. Sie war beinahe so etwas wie eine zweite Tochter für ihn und er war für sie ein wenig wie der Vater, den sie nie hatte, weil der sie und ihre Mutter verließ, als Annabell noch ganz klein war. Sie mochte den kleinen alten Mann mit dem noch immer dichten weißen Haar und den graublauen Augen, die stets ein wenig verschmitzt in die Welt blickten. Sie fragte sich oft, welche Geschichte jede einzelne der vielen Falten, die sich in sein ausdrucksstarkes Gesicht eingegraben hatten, wohl erzählen könnte. Annabell nannte den Distelbauern insgeheim den „guten Geist der Pension Friedhofsblick“. Denn selbst in den letzten Monaten, in denen er oft Hustenanfälle bekam, Blut spuckte und an Atemnot litt, hatte er immer ein offenes Ohr für andere Bewohner des Altersheims.

Da war zum Beispiel die Frau Prispischil. „Eigentlich seltsam“, hatte der Distelbauer einmal zu Annabell gesagt, „dass alle Menschen, die ins Altersheim einziehen, damit offenbar auch ihre Vornamen abgeben und von da an und nur noch Herr oder Frau

Soundso heißen." Die Frau Prispischil also hatte sich geistig längst von der Gegenwart verabschiedet und erzählte immer die gleichen alten Geschichten, die ihre Mitbewohner nicht mehr hören konnten, weshalb sie in ihre Zimmer flüchteten und die Türen zumachten, wenn sie sie über den Gang schlurfen hörten. Der Distelbauer hingegen, der das Bett inzwischen ohne Hilfe nicht mehr verlassen konnte, rief sie zu sich herein. „Na, Frau Prispischil? Was gibt's denn Neues bei Ihnen?", fragte er dann, wohl wissend, dass die alte Frau die Ironie in seinen Worten nicht wahrnehmen konnte. Und sie setzte sich zu ihm und erzählte ihm – wohl zum hundertsten Mal –, wie das damals gewesen war, als ihr Vater vom Krieg heimkam und zum Alkoholiker wurde, weil er die Gräuel nicht vergessen konnte, und wie er seine Frau und seine Tochter geschlagen hatte. Dabei schien sie sich immer mehr in das kleine, ängstliche Mädchen zu verwandeln, das sie damals wohl gewesen war. Der Distelbauer hörte ihr so andächtig zu, als vernähme er diese Geschichte zum ersten Mal, und sie schien solchen Trost aus seiner Aufmerksamkeit und Anteilnahme zu ziehen, dass ihr Geist, wenn sie mit dem Erzählen fertig war, manchmal sogar für kurze Zeit in die Gegenwart zurückkehrte. Dann nahm sie die Hand des Distelbauern und sagte lächelnd. „Schade, dass wir uns nicht in unserer Jugend getroffen haben. Sie hätte ich vom Fleck weg geheiratet." Der Franz nahm diese Offenbarung als das große Kompliment, das es war. Annabell hatte ihm vom Leben der Frau Prispischil erzählt und daher wusste er, dass sie nach den schlechten Erfahrungen mit ihrem Vater nie einen Mann so nahe an sich hatte heranlassen können, um eine ernsthafte Beziehung oder gar eine Ehe zu führen. Daher lächelte er geschmeichelt, wenn sie ihm quasi einen Heiratsantrag machte, und sagte sanft: „Das ist eine sehr große Ehre für mich, Frau Prispischil, aber ich fürchte, meiner Frau, der Maria, wäre das gar nicht recht gewesen!" Und dann kicherten sie beide wie zwei alberne Teenager.

Auch für das Personal hatte der Distelbauer immer ein gutes Wort übrig, sogar für die „ruppige Berta", wie die Bewohner insgeheim die Pflegerin nannten, die im ganzen Haus verschrien und gefürchtet zugleich war. Sie schaute immer griesgrämig drein und schien ihre Arbeit mit den alten Menschen eigentlich als ungeheuerliche Zumutung zu empfinden. Entsprechend war auch ihr Umgang mit ihnen. Der Distelbauer vermutete, dass ihr aus irgendeinem Grund die ganze Welt zuwider war, aber sie beantwortete keine seiner Fragen. Wenn sie ihn wusch, dann fühlte sich der Franz hinterher, als hätte ihn seine Großmutter – Gott hab sie selig – über die Waschrumpel gezogen, die man zu ihrer Zeit noch verwendete, um feuchte Wäsche daran sauber zu reiben. Aber vielleicht lag es auch einfach an ihrer Statur, dass die „ruppige Berta" nicht behutsamer sein konnte. Immerhin war sie knapp 1,90 Meter groß und hatte Hände wie Schaufeln. Der Distelbauer fragte sich manchmal, ob die Pflegerin nicht früher ein Ringer gewesen war, der sich in eine Frau hatte umwandeln lassen. Das hätte vieles erklärt. Wenn die anderen Bewohner über die „ruppige Berta" schimpften, nahm er sie aber jedes Mal in Schutz. „Bestimmt hatte sie eine harte Kindheit. Ich bin sicher, ganz tief drinnen in ihrem Herzen, wirklich ganz tief drinnen, ist sie eine Seele von einem Menschen", sagte er dann.

Wenn dem so war, ließ die „ruppige Berta“ das aber niemals erkennen. Und als ihr eine Kollegin einmal erzählte, was der Distelbauer vermutete, war ihr einziger Kommentar dazu: „So ein alter Spinner!“ Den zarten Hauch eines Lächelns, der dabei für den Bruchteil einer Sekunde um ihre Mundwinkel spielte, bemerkte die andere Pflegerin nicht.

Im Advent hatte der Distelbauer immer eine rote Zipfelmütze mit weißem Rand auf und weil er sich in den letzten Jahren auch einen weißen Bart hatte wachsen lassen, sah er jetzt wirklich ein wenig wie der Weihnachtsmann aus. Nur der Bauch fehlte dem Franz. Dick war er ohnehin nie gewesen und den kleinen „Schwimmreifen“ um seine Taille hatte schon längst der Krebs gefressen. Dass sich der Distelbauer wünschte, noch einmal Weihnachten zu erleben, lag einfach daran, dass es für ihn die schönste Zeit im Jahr war. „Da liegt Magie in der Luft“, hatte er einmal zu Annabell gesagt, die darüber erstaunt war, weil der Distelbauer sonst nicht zu übertriebener Romantik neigte. Das war auch so, aber seine Frau, die Maria, hatte Weihnachten zelebriert, und im Lauf der Jahre hatte das schließlich auf den Franz abgefärbt. „Zu Weihnachten ist alles möglich“, hatte Maria immer gesagt, „da können sogar Wunder geschehen.“ Und der Franz hatte ihr geglaubt, auch wenn er auf das Wunder, dass er wieder in ihr Schlafzimmer einziehen durfte, zeit ihres Lebens vergeblich gewartet hatte. Aber weil er die Maria liebte, liebte der Distelbauer Weihnachten, und daran änderte auch ihr Tod nichts. Vor allem um ihr Andenken zu ehren, machte der Franz Weihnachten im Altersheim tatsächlich zu einer Zeit, in der kleine und größere „Wunder“ geschahen. Jedes Jahr bemühte er sich darum, zumindest einem Bewohner einen besonderen Wunsch zu erfüllen. Das war zwar auch mit Kosten verbunden, aber der Franz hatte noch ein wenig Geld vom Verkauf des Hofes auf dem Konto und außerdem schon vor 40 Jahren begonnen, für jedes Päckchen Zigaretten, das er sich kaufte, denselben Betrag beiseitezulegen. Da er wöchentlich etwa zehn Päckchen rauchte, hatte sich da ein schönes Sümmchen angesammelt. Das Geld versteckte er in dem alten Teddybären, der auf seinem Bett lag und von dem er behauptete, dass er ein Erinnerungsstück an seine Tochter sei. In Wirklichkeit hatte er ihn vor Jahren auf einem Flohmarkt erworben, weil er ihm als perfekter „Tresor“ für sein Erspartes erschien.

Oft half ihm die Annabell bei seinen „Weihnachtswundern“. Vor zwei Jahren hatte der Franz sie allerdings nicht eingeweiht, weil er vermeiden wollte, dass sie Schwierigkeiten bekam. Und tatsächlich war dieses „Wunder“ dann ein handfester Skandal gewesen, der dem Distelbauern eine schwere Rüge einbrachte und die Androhung, das Heim verlassen zu müssen, wenn sich so etwas noch einmal wiederholen sollte. Damals hatte der Distelbauer den größten Wunsch von *Madame Veronique*, die eigentlich Veronika Unterberger hieß, erfüllt. Sie litt an Multipler Sklerose in fortgeschrittenem Stadium und saß bereits im Rollstuhl, obwohl sie noch keine 70 war. Rund um die Frau, die sich immer sehr auffällig und – wie der Franz fand – ein wenig nuttig schminkte, rankten sich im Altersheim viele Geschichten und die meisten davon waren anstößig. Der Distelbauer gab zwar sonst nicht viel auf derartiges Gerede, aber er war neugierig geworden und hatte sich daher umgehört. „Sie hat früher in der Stadt ein Bordell gehabt, aber dann gab es einen Skandal, in den ein sehr hoher Politiker involviert gewesen sein soll. Es wurde alles vertuscht, doch die Behörde hat das Bordell geschlossen und die *Madame Veronique* musste eine hohe Strafe bezahlen. Das hat sie finanziell ruiniert und ihr wohl auch psychisch einen Knacks verpasst. Sie hat ihr Bordell verloren und dann ist auch noch ihre Multiple Sklerose ausgebrochen. Den Platz bei uns hat sie nur bekommen, weil ein früherer Kunde sich ihrer erbarmt und ein gutes Wort für sie eingelegt hat", erzählte ihm eine der Pflegerinnen bereitwillig. „Na ja, wahrscheinlich bestraft sie Gott für ihren liederlichen Lebenswandel. Wunder wäre das keines, weil bereuen tut sie gar nichts. Wissen Sie, was ihr größter Wunsch ist? Ich habe es aus ihrem eigenen Mund gehört: Sie möchte noch einmal einen knackigen jungen Mann so sehen, wie Gott ihn geschaffen hat! Schämen sollte sie sich. Das sagen auch alle meine Kolleginnen."

Der Distelbauer konnte sich gut vorstellen, wie die Pflegerinnen beim Kaffee beisammensaßen und sich über die Bewohner das Maul zerrissen, da bekam sicher auch er manchmal sein Fett ab. Das war halt die menschliche Natur, da wollte der Franz gar nicht den ersten Stein werfen. Was ihm aber gegen den Strich ging, war, dass das Schicksal der *Madame Veronique* eine Strafe von oben sein sollte. So einen kleinlichen und rachsüchtigen Gott wollte sich der Distelbauer nicht vorstellen und aus Trotz heraus beschloss er, der *Madame Veronique* zu Weihnachten ihren Wunsch zu erfüllen. Im Internet machte er rasch eine Agentur für ganz spezielle Dienste ausfindig und am Heiligen Abend bestach er eine Putzfrau, ihm ihren Schlüssel zu leihen. Damit öffnete er eine Hintertür und schmuggelte einen jungen, muskulösen Weihnachtsmann in das Zimmer der ehemaligen Bordellbesitzerin. Es war ausgesprochenes Pech, dass ihr in dem Augenblick, als der Gast die letzte Hülle fallen ließ, ein hoher, fast ekstatischer Laut entfuhr, und noch größeres Pech, dass gerade in diesem Augenblick der Direktor des Altersheims draußen vorbeiging, für den sich der Schrei anhörte, als erlitte da gerade eine Bewohnerin einen Herzinfarkt. Er stürmte ins Zimmer und prallte entsetzt zurück, als er vor sich plötzlich die Kehrseite eines Weihnachtsmannes sah, der nur mit seiner Mütze bekleidet war. Im nächsten Moment schob sich seitlich auf Höhe seiner Hüften das Gesicht der selig lächelnden *Madame Veronique* hervor ...!

Das gab ein Donnerwetter, das das ganze Haus wackeln ließ. Mit dem Direktor hatte der Distelbauer an diesem Abend aber nun auch wirklich nicht gerechnet. Normalerweise ließ der sich an Sonn- und Feiertagen nicht im Heim blicken. Mochte der Teufel wissen, warum er gerade an jenem Heiligen Abend mit diesem Grundsatz gebrochen hatte. Der Franz gab sich zwar schuldbewusst und reuig, aber in Wirklichkeit war er zufrieden mit diesem Weihnachtswunder, zumal die *Madame Veronique* glücklich war und gar nicht damit aufhören wollte, den Pflegerinnen, während die sie versorgten, in allen Details davon zu erzählen ...! Der Franz hätte dabei gerne ihre Gesichter gesehen.

Im Vorjahr hatte der Distelbauer dann ein wirklich großes Weihnachtswunder gewirkt, denn am Nachmittag vor dem Heiligen Abend war plötzlich der Sohn des im Sterben liegenden Herrn Grubmüller im Heim erschienen. Er kam direkt aus Amerika, wo er seit 30 Jahren mit seinem Partner lebte. Genauso lange hatten Vater und Sohn keinen Kontakt zueinander gehabt. Der Herr Grubmüller war zeit seines Lebens ein stolzer und harter Mann mit ehernen Grundsätzen, ein angesehenes Mitglied der Gemeinde, ein ehrbarer Bürger und ein führender Funktionär der regierenden konservativen Partei im Ort. Strenge war sein zweiter Vorname – im Berufsleben und auch in der Familie. Als sein Sohn Thomas ihm gestand, dass er homosexuell war, brach für Herrn Grubmüller eine Welt zusammen. „Weißt du, was für eine Schande du über mich bringst? Ich kann mich ja nicht mehr auf die Straße wagen. Die Leute werden mit dem Finger auf mich zeigen“, hatte er geschrien, den missratenen Sprössling noch am selben Abend aus dem Haus geworfen und ihm aufgetragen, zu verschwinden und niemals wiederzukommen. Im Ort hatte er danach herumerzählt, sein Sohn sei nach Amerika gegangen, um dort Karriere zu machen, und später hatte er manchmal sogar Briefe von ihm herumgezeigt, die er natürlich alle selbst geschrieben hatte.

Thomas, dem die Worte des Vaters einmal mehr vor Augen geführt hatten, dass es diesem immer nur um sich selbst ging, hatte beschlossen, aus der Lüge Wahrheit zu machen, und war mit seinem Freund tatsächlich nach Amerika ausgewandert – mit der festen Absicht, nie zurückzukommen. Sein Vater hatte ihm ja deutlich zu verstehen gegeben, dass er für ihn gestorben war. Gestorben war nur drei Monate später auch seine Mutter. Der Vater teilte es Thomas in einem kurzen Telegramm mit und verbot ihm darin, zum Begräbnis zu kommen. Er gab seinem Sohn die Schuld am Tod seiner Frau, weil er ihr mit seiner Abartigkeit das Herz gebrochen habe. Auch Thomas war davon überzeugt, dass seine Mutter an Kummer gestorben war, aber deshalb, weil der Vater ihr jeglichen Umgang mit ihrem Sohn untersagt hatte. Das Telegramm mit der Todesnachricht war der letzte Kontakt der beiden Männer. Zwar war Thomas kurz nach dem Begräbnis der Mutter noch einmal heimgekommen und hatte bei Nacht und Nebel ihr Grab besucht, um von ihr Abschied zu nehmen, aber davon hatte der Vater nie erfahren.

Jetzt, 30 Jahre später, hatten das Alter und die Einsamkeit den harten Herrn Grubmüller mürbe gemacht, aber noch viel mehr die Sorge vor dem Wiedersehen mit seiner Frau: „Was soll ich ihr sagen, wenn ich drüben ankomme und sie mich nach unserem Sohn fragt? Sie wird mir das nie verzeihen, wenn ich in diesem Leben nicht Frieden mit ihm schließe“, vertraute er dem Distelbauern an, als dieser sich eines Abends ans Bett des Todkranken setzte, um mit ihm zu plaudern. Der Franz hatte einfach etwas an sich, das die Leute dazu brachte, ihm ihr Innerstes zu öffnen, ob sie wollten oder nicht. Plötzlich ergriff der Grubmüller den Franz am Arm und drückte ihn mit einer Kraft, die der ihm nicht mehr zugetraut hätte. „Ich glaube noch immer, dass es abartig ist, wenn zwei Männer zusammenleben; und ich kann meinen Sohn ... ich kann Thomas ... auch nicht um Verzeihung anbetteln, dafür bin ich einfach zu stolz. Was also soll ich tun?", stieß er hervor.

Der Franz dachte eine Weile nach, bevor er etwas erwiderte. „Wir zwei sind halt noch vom alten Schlag und können nicht aus unserer Haut", sagte er schließlich sanft. „Aber auf uns kommt es längst nicht mehr an. Die Jungen sind jetzt dran, die Welt zu gestalten, und heutzutage hat die Liebe eben viele Gesichter." Er zuckte mit den Schultern und lächelte. „Wahrscheinlich hatte sie die schon immer, aber wir wollten es in unserer Sturheit einfach nicht wahrhaben. Wissen Sie, was meine Maria jetzt sagen würde: Was soll falsch sein an einer Liebe, wenn sie aufrichtig ist und zwei Herzen im Leben vereint?" Er machte eine kleine Pause. „Und was den Stolz betrifft: Der ist nicht grundsätzlich schlecht. Wenn er allerdings anfängt, Stacheldrahtzäune zwischen Menschen zu errichten, dann ..." Der Franz ließ den Satz offen und sah den Herrn Grubmüller ernst an. „Wir sind beide todkrank. Es bleibt uns nicht mehr viel Zeit, unsere Zäune niederzureißen", sagte er und verließ das Zimmer.

Am nächsten Tag bat er Annabell, ihm im Internet bei der Suche nach Thomas Grubmüller zu helfen, und es gelang ihnen tatsächlich, ihn ausfindig zu machen. Eigentlich war es gar nicht schwer, denn er hatte Karriere gemacht und war ein leitender Angestellter in einem großen amerikanischen Konzern. Der Distelbauer rief ihn an und berichtete ihm, dass sein Vater bald sterben werde. Der Sohn gab sich distanziert. „Ich glaube nicht, dass er mich in diesem Leben noch einmal sehen will ... und ich bin auch nicht sicher, ob ich ihn noch einmal sehen möchte", sagte er. Franz seufzte. „Es mag ja sein, dass Sie nicht viel mit Ihrem Vater gemeinsam haben, den Stolz aber offenbar schon. Wenn Sie ihm im Guten oder im Bösen noch etwas zu sagen haben, dann müssen Sie es bald tun", mahnte er und beendete damit das Gespräch. Der Distelbauer lächelte Annabell zu, die neben ihm stand und zugehört hatte. „Wir haben getan, was wir konnten. Jetzt müssen wir wirklich auf ein Weihnachtswunder hoffen", sagte er.

Und das Wunder geschah. Am Nachmittag vor dem Heiligen Abend kam Thomas Grubmüller ins Altersheim. Er ging ins Zimmer seines Vaters und ließ die Tür einen Spalt offen. Der Distelbauer beobachtete vom Gang aus, dass er lange vor dem Bett des Alten stehen blieb. Keiner der beiden Männer im Zimmer sagte ein Wort. Sie schienen mit Blicken zu sprechen. Dann streckte der Vater die Hand aus und nach kurzem Zögern trat der Sohn näher und ergriff sie.

Der Distelbauer hatte genug gesehen. Es ging ihn nichts an, was sich die beiden nun zu sagen hatten. Am Abend schaute er aber noch einmal zum Herrn Grubmüller hinein, der ihm lächelnd entgegensah. „Danke", sagte der. „Jetzt kann ich meiner Frau mit gutem Gewissen unter die Augen treten!" Er starb noch in derselben Nacht.

Auch dieses Jahr hatte der Distelbauer ein kleines „Weihnachtswunder" gewirkt – weil er spürte, dass ihm nicht mehr viel Zeit blieb, allerdings schon zwei Tage vor dem Heiligen Abend. „Das ist wohl mein letztes“, hatte er zu Annabell gesagt.

Der größte Wunsch der Frau Nimmervoll, die in ihrer Jugend Eiskunstläuferin gewesen war und nach einem Autounfall schon seit vielen Jahren im Rollstuhl saß, war es, noch einmal eislaufen zu gehen. Mit Annabells Hilfe machte der Distelbauer es möglich, dass ein kleiner Parkplatz hinter dem Altersheim vereist wurde. Der Haustechniker stattete einen ausrangierten Rollstuhl mit Kufen aus, und ausgerechnet die „ruppige Berta“ erwies sich als exzellente Eisläuferin, die mit der Frau Nimmervoll in ihrem Schlittschuhrollstuhl auf dem Parkplatz ihre Runden drehte. Viele Bewohner, die noch mobil genug waren, kamen ins Freie, um zuzusehen. Der Distelbauer konnte ja nicht mehr aus dem Bett, aber die Annabell stand bei ihm am Fenster, sah hinunter auf den Parkplatz und berichtete ihm haargenau, was da vor sich ging. Die alte Frau juchzte vor Vergnügen, doch plötzlich wurden ihre Freudenschreie von einem Grollen übertönt, das klang, als würde ein Flugzeug direkt über dem Altersheim zur Landung ansetzen. Es dauerte eine ganze Weile, bis die staunenden Zuschauer begriffen, dass sie die „ruppige Berta“, die mit der Frau Nimmervoll schwungvoll über das Eis flitzte, lachen hörten. Und für alle, die dabei waren, war das tatsächlich ein Weihnachtswunder. Das Lachen der „ruppigen Berta“ war so laut, dass auch der Franz es hören konnte. „Ich habe es ja gewusst“, sagte er und lächelte. „Sie ist eigentlich eine Seele von einem Menschen.“

In der Nacht auf den 23. Dezember verschlechterte sich der Zustand des Distelbauern rapide, und Annabell sorgte sich, ob er den Heiligen Abend wohl noch erleben würde. Sie rief seine Tochter in Kanada an. Julia hatte sich ohnehin schon Sorgen gemacht, weil der Distelbauer auf keinen Kontaktversuch am Computer reagierte. Sie versprach, so schnell wie möglich zu kommen, aber vor dem 24. Dezember gab es keinen Flug mehr.

Annabell setzte sich zu Franz ans Bett und nahm seine Hand. Er atmete schwer, aber er öffnete die Augen. „Morgen ist Heiliger Abend", sagte sie in bemüht scherzhaftem Ton. „Und Sie haben mir Ihren Weihnachtswunsch noch gar nicht gesagt!" Er lächelte mühsam. „Morgen mache ich vielleicht schon ein Tänzchen mit meiner Maria. Was könnte ich mir mehr wünschen?", sagte er und schloss die Augen. Annabell dachte schon, er sei eingeschlafen, da sah er sie plötzlich wieder an und sagte: „Schnee. Schnee hätte ich gerne noch einmal gesehen. Als Bub habe ich es geliebt, im Schnee herumzutollen."

Annabell seufzte. Das war ein praktisch unerfüllbarer Wunsch, denn geschneit hatte es in dieser Gegend in den letzten Jahren nur noch ganz selten. Der Klimawandel ließ grüßen. Die Schwester blieb noch eine Weile beim Distelbauern sitzen, dann ging sie, um andere Bewohner zu versorgen. Sein Wunsch ging ihr die ganze Zeit über nicht aus dem Kopf und plötzlich hatte sie eine Eingebung. Weil der Distelbauer das Bett ja ohnehin nicht mehr verlassen konnte, würde es genügen, wenn es vor seinem Fenster schneite. Sein Zimmer lag im obersten Stockwerk des Hauses. Wenn man eine Art Schneekanone auf dem Flachdach aufstellte, mochte es durchaus möglich sein, das zu bewerkstelligen.

Annabell rief ihren Freund an, erzählte ihm, worum es ging, und bat ihn um Hilfe. Er kannte seine Annabell und wusste, dass sie manchmal ein wenig verrückte Ideen hatte. Gerade das war einer der vielen Gründe, warum er sie so liebte. Also fragte er nicht viel, sondern versprach ihr, es am Heiligen Abend um Punkt 18 Uhr vom Dach des Altersheims aus schneien zu lassen. „Ich habe zufällig einen Bekannten, der solche Maschinen verleiht. Er hilft mir bestimmt, wenn ich ihm sage, worum es geht", erklärte er. Annabell weihte natürlich auch den Direktor in ihren Plan ein, der zwar murrte, ihr aber wieder einmal den Wunsch nicht abschlagen konnte. Er wies sogar den Haustechniker an, auf dem Dach alles vorzubereiten, damit die beiden Männer die Schneekanone problemlos in Gang setzen konnten.

Der 24. Dezember kam und Annabell hatte an diesem Tag so viel zu tun, dass sie nur wenig Zeit hatte, sich zum Distelbauern ans Bett zu setzen. Sie kam nicht einmal dazu, Kontakt mit ihrem Freund aufzunehmen und zu fragen, ob das mit der Schneekanone funktionierte. Doch sie vertraute ihm. Weihnachten war für viele Menschen im Altersheim eine schwierige Zeit, weil es so viele Erinnerungen und Emotionen auslöste, und sie brauchten neben der körperlichen Betreuung auch Zuspruch und Trost. Fünf Minuten vor 18 Uhr betrat Annabell dann das Zimmer des Distelbauern. Er hatte fast den ganzen

Tag verschlafen, aber jetzt war er wach und sah ihr mit klaren Augen entgegen. „Schön, dass ich dich noch einmal sehe, bevor ich mich verabschiede, Annabell", sagte er. Die vertraute Anrede ließ ihr Tränen in die Augen steigen. Er hatte sie bisher noch nie geduzt. Sie beugte sich spontan zu ihm hinunter und küsste ihn auf die Stirn. Sie war kalt. Der alte Mann ergriff mühsam den Teddybären, der neben ihm am Polster lag, und streckte ihn Annabell entgegen. „Er soll dich an mich erinnern. Er gehört dir ... und auch alles, was du in seinem Bauch findest. Er ist ein gefräßiger kleiner Kerl", sagte der Distelbauer kryptisch und lächelte. Eigentlich war es dem Personal ja verboten, Geschenke der Bewohner anzunehmen, aber bei einem Stofftier als Andenken, dachte Annabell, würde wohl niemand Einwände erheben.

Sie schaute den alten Mann liebevoll an, doch der hatte seine Augen jetzt auf das Fenster gerichtet und Annabell sah, wie sie groß wurden und plötzlich regelrecht zu leuchten begannen. „Schnee ... Es schneit", flüsterte der alte Mann selig. Und tatsächlich sah Annabell vor den Glasscheiben dicke, weiße Flocken tanzen. Sie lächelte dankbar und dachte bei sich, dass sie ihrem Freund dafür eine ganz besondere Belohnung zukommen lassen würde. Der Distelbauer wandte den Kopf und sah sie an. „Danke", flüsterte er, als wüsste er genau, dass Annabell für dieses Wunder verantwortlich war. „Das war schön. Aber jetzt muss ich gehen. Meine Maria wartet!" Ein heftiger Hustenanfall schüttelte ihn, und dann atmete er noch einmal tief aus und lag still.

Annabell ließ ihren Tränen freien Lauf. Sie versuchte normalerweise zu den Bewohnern eine gewisse professionelle Distanz zu wahren, schon aus Selbstschutz, weil sie sonst das ständige Sterben im Heim nicht verkraftet hätte, doch beim Distelbauern war ihr das von Anfang an nicht gelungen. Der alte Mann hatte ihr Herz berührt. Annabell drückte den Teddybären fest an sich und ertastete dabei mit den Fingern auf der Rückseite einen Reißverschluss. Sie drehte das Stofftier um, öffnete es und zog staunend ein großes Bündel 500-Euro-Scheine hervor. Das hatte der Distelbauer also damit gemeint, als er sagte, der Teddy sei gefräßig. Annabell schwor in diesem Augenblick, dass sie das Geld dazu verwenden würde, sein Andenken wachzuhalten und auch in den nächsten Jahren im Altersheim kleine Weihnachtswunder geschehen zu lassen.

Sie schaute liebevoll auf den leblosen Leib des Distelbauern hinab. Es wurde Zeit, ihre Kolleginnen zu rufen und ihn herzurichten, bevor die Totenstarre einsetzte. Doch ehe sie dazu kam, läutete ihr Handy. Ihr Freund war dran. Annabell freute sich, denn sie wollte ihm für den Schnee danken. Aber er kam ihr zuvor. „Es tut mir so leid", sagte er zerknirscht. „Wir hatten eine Autopanne, darum haben wir es nicht geschafft. Ich hätte dir wirklich sehr gerne geholfen."
Annabell war verwirrt. „Wovon redest du?", fragte sie.
„Na von der Schneekanone, die ich dir versprochen hatte", sagte er.
Annabell schaute verwirrt zum Fenster, vor dem noch immer große, weiße Flocken tanzten.
„Bist du mir sehr böse?", fragte ihr Freund besorgt.

„Nein, natürlich nicht“, sagte Annabell. „Danke, dass du es versucht hast.“
„Ist wirklich alles in Ordnung?“, fragte er nochmals.
„Ja“, sagte sie und schaute den Schneeflocken zu. „Wir reden später. Ich freue mich auf dich. Jetzt muss ich aber zurück an die Arbeit.“
Annabell steckte ihr Handy in die Tasche, ging zum Fenster, öffnete es und beugte sich mit dem Oberkörper hinaus. Sie drehte den Kopf und schaute nach oben. Direkt über der Seniorenresidenz stand eine kleine Wolke und ließ große, weiße Schneeflocken zur Erde tanzen.

Die zweite Chance

Punkt Mitternacht an diesem Weihnachtstag verschwand alles Geld aus dieser Welt.
Es löste sich auf.
Einfach so.

Kein noch so gutes Versteck bot Schutz. Das Geld verschwand aus Sparschweinen, Sparstrümpfen, Nachttöpfen, aus hohlen Bettbeinen, Bienenhütten, aus Terrarien voll mit giftigen Schlangen, ja sogar aus dem Geheimfach in der Silikonbrust einer Prostituierten, die dort ihren Notgroschen aufzubewahren pflegte.

Eine Minute lang hielt die Welt den Atem an.
Eine Minute nach Mitternacht brach das Chaos aus.

In den Polizeistationen begannen die Telefone verrücktzuspielen, in den Banken heulten die Alarmsirenen und in Restaurants kam es zu wüsten Schlägereien zwischen Kellnern und Gästen, weil diese plötzlich ihr Essen nicht mehr bezahlen konnten. Ein Bankdirektor, der just in dem Moment den Safe aufmachte, als das Geld verschwand, riss erschrocken die Arme in die Höhe, öffnete den Mund zu einem schrillen Schrei – und versteinerte vor Entsetzen. Später wurde er auf einem öffentlichen Platz aufgestellt. Als ewige Erinnerung an diesen Augenblick, der die Welt veränderte.

Um 1 Uhr schwebte die Erde am Rande eines atomaren Vernichtungskrieges. Die Staatschefs waren durch die ungeheuerliche Nachricht aus dem Bett, vom Mittagstisch und sogar aus dem Bordell geholt worden. Sie alle waren deshalb übel gelaunt und beschuldigten sich gegenseitig, mit einer neuen Waffe das Geld zum Verschwinden gebracht zu haben. Einige Daumen schwebten nur Millimeter über den roten Knöpfen, mit denen sie die Atomraketen starten konnten.

Um 2 Uhr war die akute Krise überstanden. Inzwischen war klar geworden, dass alle Länder von der Katastrophe betroffen waren.

Um 3 Uhr herrschte völlige Ratlosigkeit. Auch die Wissenschaftler hatten keine Erklärung für das Verschwinden des Geldes anzubieten.

Um 4 Uhr versuchten die ersten Staaten neues Geld zu drucken. Doch die Scheine und Münzen verschwanden im selben Augenblick, in dem sie aus den Druck- und Prägemaschinen kamen.

Um 5 Uhr war klar, dass es unmöglich war, neues Geld herzustellen.

Um 6 Uhr kam die Hiobsbotschaft, dass auch alle Goldvorräte von dieser Erde verschwunden waren – überhaupt alles, was sich als Zahlungsmittel verwenden ließ.

Um 7 Uhr erklärten die Regierungschefs aller Länder in nie gekannter Eintracht den globalen Notstand. Angesichts dieser weltweiten Katastrophe müsse man nun zusammenarbeiten, hieß es in ihrem Kommuniqué. Alle Streitigkeiten seien bis auf Weiteres eingestellt.

Um 8 Uhr rollte eine Selbstmordwelle um die Welt. In den großen Metropolen regnete es förmlich Millionäre vom Himmel. Als sie sich ihrer plötzlichen Armut bewusst wurden, stürzten sie sich reihenweise aus den Fenstern ihrer Hochhäuser hinab auf die Straßen.

Um 9 Uhr erreichte die Kinder die traurige Nachricht, dass der berühmte Milliardär Dagobert Duck in Entenhausen auf dem Boden seines Geldspeichers zerschellt war, als er sein morgendliches Bad nehmen wollte. Denn sogar aus den Büchern und aus den Comics war das Geld verschwunden.

Um 10 Uhr erschienen überall auf der Erde maskierte Menschen vor den Pforten der Geldinstitute. Viele weinten bitterlich. Es waren Bankräuber, die sich zu einer weltweiten Trauerkundgebung entschlossen hatten. Sie zündeten kleine tresorförmige Kerzen an und stellten sich danach scharenweise der Polizei. Psychisch völlig entwurzelt hofften sie, in der Geborgenheit einer Gefängniszelle der plötzlichen Sinnlosigkeit ihres Daseins zu entfliehen.

Um 11 Uhr plünderten die Menschen die ersten Geschäfte. Die Diebe stahlen Eier, Milch, Brot, Butter, Mehl und Fleisch. Die Angst vor einer Hungersnot ging um. Armbanduhren, Juwelen, Computer blieben unberührt. Was vor wenigen Stunden noch sehr wertvoll schien, war plötzlich nutzloser Tand.

Um 12 Uhr gaben die Geheimdienste bekannt, sie hätten eine erste heiße Spur zu dem Geldräuber. Es sei nur noch eine Frage der Zeit, bis sie ihn gefasst und das Geld wiederbeschafft hätten.

Um 13 Uhr begannen die Lebensmittelkonzerne überall auf der Welt ihre Nahrungsmittel kostenlos zu verteilen. Nicht aus plötzlicher Nächstenliebe – sie verhinderten damit nur die systematische Plünderung und Zerstörung ihrer Geschäfte und Lager. Und Profit konnten sie mit den Waren ohnehin nicht mehr machen.

Um 14 Uhr meldete sich in einem obskuren Fernsehsender ein Sektenführer zu Wort. Die Menschheit brauche in dieser Krise einen Erlöser, der sich für sie opfere. Er müsse aber eines sehr grausamen Todes sterben, um alle Sünden von dieser Welt zu tilgen. Und er sei dieser Erlöser. Da er niemandem die Schuld an seinem Tod aufbürden wolle, werde er sich ab sofort nur noch von Fastfood und Cola ernähren und so innerhalb kurzer Zeit selbst zu Tode bringen. Ein blutrünstiges Hinscheiden sei für ihn als bekennenden Veganer kaum denkbar.

Um 15 Uhr erklärte eine kleine, bislang unbekannte Terrorgruppe, sie habe das Geld als Geisel genommen, und verlangte drei Millionen Dollar für dessen Freilassung.

Um 16 Uhr tauschten zwei Buben in einem Park einen Lutscher gegen einen Kaugummi. Das war weltweit das Signal für die Wiedereinführung des Tauschhandels.

Um 17 Uhr verkündeten führende Wirtschaftswissenschaftler den Untergang des Kapitalismus. Ohne Geld sei Profitmaximierung sinnlos. Daraufhin rollte wieder eine Selbstmordwelle um die Welt. In den Städten regnete es erneut Millionäre, Konzernchefs und vor allem Börsenmakler.

Um 18 Uhr waren die Straßen der Städte wieder notdürftig gereinigt.

Um 19 Uhr kam der Knalleffekt: Die Regierungschefs präsentierten stolz den Übeltäter. Ein kleiner siebenjähriger Junge, umringt von schwer bewaffneten Soldaten, die mit Maschinenpistolen auf ihn zielten, gestand weinend vor laufender Kamera: „Ja, ich bin schuld! Ich habe dem Christkind geschrieben, dass es das Geld verschwinden lassen soll – damit mein Papa nicht ständig weggehen muss, um Geld zu verdienen."

Um 20 Uhr stand der Junge vor Gericht. Da der Angeklagte noch zu jung für die Todesstrafe war, entschieden die Geschworenen, dass er den angerichteten Schaden abarbeiten solle. Eine erste Hochrechnung ergab, dass er drei Milliarden Jahre dafür brauchen würde.

Um 21 Uhr berieten die Regierungschefs, wie man dem Christkind das Geld wieder entreißen könnte. Die Geheimdienste bekamen den Auftrag, Himmel und Hölle in Bewegung zu setzen, um unverzüglich seinen Unterschlupf ausfindig zu machen.

Um 22 Uhr kam die ersehnte Nachricht: „Das Christkind ist im Himmel!", meldeten die Agenten.

Um 23 Uhr entschlossen sich die Regierungschefs zu einem Ultimatum. Sie richteten alle Raketen gen Himmel und der siebenjährige Junge musste in ihrem Auftrag einen neuen Brief an das Christkind schreiben, in dem sie die sofortige Rückgabe des Geldes forderten. Andernfalls würden die Waffen sprechen.

Eine Minute vor Mitternacht schalteten sich plötzlich alle Fernseher auf der Welt ein; wo es keine gab, verwandelten sich einfach Wände in große Leinwände. Das Christkind erschien.

Es saß auf einer Krippe, neben ihm lagen riesige Haufen Geld und Berge von Gold und Münzen, und es schaute sehr vergnügt drein. Es zerriss den Brief der Regierungschefs in Fetzen und winkte mit seiner kleinen Hand. Im selben Moment schmolzen die Sprengköpfe aller Raketen auf der Welt. Dann sprach das Christkind mit glockenheller Stimme: „Ihr wurdet schon einmal erlöst, aber eine bessere Welt habt ihr in all der Zeit, die seither vergangen ist, nicht geschaffen. Doch ..." – es deutete auf die gewaltigen Geldhaufen, die plötzlich in Flammen aufgingen, und auf die Berge aus Münzen und Gold, die zu schwarzer Asche zerfielen – „... ihr bekommt eine zweite Chance!"

Das Geschenk

Sie ließ die Christbaumkugel fallen. Ihre Hände zitterten und sie holte keuchend Luft. Der Schock legte sich wie eine eisige Klammer um ihr Herz. „Von den 150 Passagieren hat keiner überlebt. Die Maschine ist am Boden zerschellt und in dutzende Teile zerfallen", sagte die nüchterne Stimme des Nachrichtensprechers im Radio.

Sie starrte auf die winzigen Splitter der zerbrochenen Christbaumkugel am Parkett. Sie glitzerten rot. Rot wie Blut! Mühsam wankte sie zum nahen Lehnsessel und ließ sich hineinsinken. Dann kamen die Tränen. „Abgestürzt!", hämmerte es in ihrem Kopf. „Abgestürzt!" Es war zweifellos die Maschine, in der ihr Mann gesessen hatte. „Ich komme rechtzeitig zum Weihnachtsfest nach Hause. Ich nehme den Flug um 10 Uhr!", hatte er ihr versichert. Jetzt war es 13 Uhr. Die Maschine war vor eineinhalb Stunden verunglückt. Es musste seine gewesen sein.

Es klingelte an der Tür. Sie zuckte zusammen. Ob das schon die Polizei war, um ihr die schlimme Nachricht zu überbringen? Sie stemmte sich aus dem Sessel empor. Ihr Körper schien ihr schwer wie Blei. Im Flur begegnete sie ihren Kindern. „Du bist so weiß, ist dir schlecht?", fragte ihr sechsjähriger Sohn. Auch ihre vierjährige Tochter musterte sie beunruhigt. Sie zwang sich zu einem Lächeln. „Nein. Es ist alles in Ordnung!", sagte sie mühsam. Sie ging zur Tür, öffnete und stieß einen spitzen Schrei aus.

Draußen stand ihr Mann. Sie warf sich ihm in die Arme, er drückte sie fest an sich und strich ihr beruhigend über die Wange. „Ich weiß“, sagte er leise. „Ich habe es im Taxi gehört. Aber ich bin da. Unsere Tagung ging vorzeitig zu Ende und daher habe ich eine frühere Maschine genommen. Ich hatte Glück.“ Sie löste sich von ihm und musterte ihn aufmerksam. Seine Hand war kalt und er war sehr bleich. „Die Nachricht hat mir auch einen Schock versetzt“, sagte er erklärend und holte tief Luft. „Das wird heute ein ganz besonderes Weihnachtsfest – wir feiern, dass wir beisammen sein können.“

Sie gingen ins Haus. Erstaunt sah sie, wie er seine Aktentasche achtlos beiseiteschleuderte. Normalerweise hütete er sie wie einen Schatz. Er stürmte ins Kinderzimmer und begrüßte die Kleinen. Übermütig warf er seine Tochter in die Luft und fing sie wieder auf. Sie beobachtete ihn mit offenem Mund. Das hatte er schon so lange nicht mehr getan. Immer war er, wenn er nach Hause kam, viel zu müde, um sich mit den Kindern abzugeben – und meist schliefen sie ohnehin schon. Aber jetzt tollte ihr Mann mit den Kleinen durchs Zimmer, als wäre das die selbstverständlichste Sache der Welt. Er war eben nur knapp dem Tod entronnen. Vielleicht hatte ihn das verändert. Vielleicht würde künftig alles anders werden ... besser!

Im Wohnzimmer lagen die Splitter der Christbaumkugel unter dem Baum. Sie glitzerten noch immer rot, aber nicht mehr wie Blut. Sie fegte sie zusammen und fuhr fort, den Baum zu schmücken. Ihr Mann kam ins Zimmer, umarmte sie von hinten und küsste sie auf den Nacken. Auch das hatte er schon sehr lange nicht mehr getan. Sie drehte sich um und lächelte ihn an. Er war noch immer sehr blass. Sie ergriff seine Hände und zuckte zusammen. Sie schienen noch kälter geworden zu sein. „Geht es dir wirklich gut?“, fragte sie. Er nickte. „Ich bin in Ordnung“, beteuerte er, ging zum CD-Player und legte Weihnachtsmusik ein. Dann heizte er den Kamin an und bald prasselte darin ein munteres Feuer.

Er ließ sich in den Lehnstuhl sinken und streckte die Beine aus. „Weihnachten, die Frau, die ich liebe, und zwei wunderbare Kinder. Was könnte ich mehr verlangen?“, sagte er. Sie glaubte sich verhört zu haben. War das tatsächlich jener Mann, der in den letzten zwei Jahren hauptsächlich eines im Sinn gehabt hatte: die Karriereleiter in seiner Firma so schnell wie möglich nach oben zu klettern? „Es ist wichtig für uns, damit wir unseren Kindern eine schöne Zukunft bieten können“, hatte er ihr ein ums andere Mal gepredigt und ihre Einwände, dass die Kleinen seine Nähe und seine Liebe bestimmt mehr brauchten als Geld, mit einer Handbewegung abgetan. Vielleicht, so überlegte sie, muss ich für das Flugzeugunglück dankbar sein, wenn es solch eine Veränderung in meinem Mann bewirkt hat. Aber dann dachte sie an die vielen Toten und schämte sich.

Sie verbrachten einen angenehmen Nachmittag, spielten mit den Kleinen und bereiteten alles für die Bescherung vor. „Ich habe bis heute nicht gewusst, welche Farben die Augen meiner Kinder haben“, sagte er plötzlich. „Sie sind vier und sechs Jahre alt und ich habe es nicht gewusst!“ Seine Augen schimmerten dabei feucht und das erschreckte sie fast ein wenig. Sie konnte sich nicht erinnern, wann sie ihn zum letzten Mal weinen gesehen hatte, und ob überhaupt. Sie nahm ihn in den Arm und drückte ihn an sich. Nach einer Weile löste er sich von ihr. „Es tut mir leid", sagte er. „Aber ich habe kein Geschenk für dich. Es ist in meinem Gepäck. Das wird nachgeliefert." Sie lächelte. Sollte sie ihm sagen, dass er ihr mit den letzten Stunden schon das größte Geschenk gemacht hatte? Sie musterte ihn besorgt. Er war noch immer bleich und hatte den ganzen Nachmittag nichts gegessen. Setzte ihm der Schock so zu? Brauchte er vielleicht doch einen Arzt? Er schien ihre Gedanken zu erraten. „Es geht mir gut", beteuerte er wieder.

Sie schickten die Kinder in ihre Zimmer, zündeten die Kerzen am Weihnachtsbaum an und holten die Geschenke. Schon auf das erste Glockenzeichen hin stürmten die Kleinen herbei und wollten sich auf ihre Pakete stürzen. Doch sie wehrte ab: „Erst ein Lied", sagte sie. Sogar ihr Mann sang zu ihrer Überraschung bei „Stille Nacht, heilige Nacht!" mit – nicht immer richtig, aber er sang. Das war auch etwas Neues. Sie blickte ihn liebevoll an. Im Licht der Kerzen schimmerte seine Haut fahl. Die Kinder packten ihre Geschenke aus und waren wenig später damit in ihren Zimmern verschwunden.

Draußen läutete es. „Wer mag das am Heiligen Abend sein?", fragte sie stirnrunzelnd. Sie wollte zur Tür gehen, doch ihr Mann stellte sich ihr in den Weg und küsste sie – lange und gierig. Seine Lippen waren wie Eis auf ihren. Es läutete nochmals. Sie löste sich von ihm: „Dafür ist später noch Zeit", sagte sie ein wenig atemlos. „Ich muss jetzt öffnen." Er lächelte sie an und sie trat in den Flur hinaus. „Ja! Das musst du wohl!“, hörte sie ihn murmeln. Oder hatte er „Leb wohl“ gesagt? Sie schüttelte verwirrt den Kopf und öffnete die Tür.

Draußen standen zwei Polizisten mit sehr ernsten Gesichtern. „Wir müssen Ihnen leider eine traurige Mitteilung machen“, begann der jüngere der beiden. „Ein Flugzeug ist abgestürzt und Ihr Mann ...!“ Der Beamte brach ab. Der andere holte tief Luft und sagte: „Ihr Mann war an Bord und ... es ... es gab keine Überlebenden!“
Sie schüttelte den Kopf. „Ich weiß von dem Absturz. Aber mein Mann war nicht in der Maschine. Er ist zuhause.“
Die Polizisten schauten sich verwirrt an. „Das ist unmöglich!“, sagte einer der beiden. „Wir haben das Video gesehen. Es zeigt, wie Ihr Mann an Bord der Maschine geht!“
Sie lächelte. „Nein, er hat ein früheres Flugzeug genommen. Überzeugen Sie sich selbst. Mein Mann ist daheim“, sagte sie und führte die Beamten ins Wohnzimmer.

Es war leer. Sie rief nach ihm, sah in allen Zimmern nach. Vergeblich. Auch die Kinder wussten nicht, wohin er verschwunden war. „Er war eben noch hier“, sagte sie verwirrt.

Die Polizisten wechselten einen bezeichnenden Blick. Sie glauben mir nicht, dachte sie und entdeckte im selben Augenblick einen Brief in den Zweigen des Weihnachtsbaumes. Sie nahm ihn herab und öffnete ihn. Ihre Hände zitterten plötzlich. Es war die Schrift ihres Mannes. „Wenn du das liest, weißt du, dass ich tot bin. Mein Flugzeug ist abgestürzt. Es gibt so viel, was ich an dir und den Kindern gutzumachen hätte. Das kann ich nun nicht mehr – aber ich wollte zumindest nicht ohne Abschied gehen, wollte noch ein paar Stunden bei euch sein. Und weil heute Heiliger Abend ist, habe ich mich in meiner Not an das Christkind erinnert; und während wir abstürzten, bat ich es um ein letztes Geschenk, um einen kleinen Aufschub. Das Flugzeug prallte auf – und ich stand plötzlich vor unserer Haustür ...!"

Sie ließ den Brief sinken. Tränen flossen über ihre Wangen. Ihr verschleierter Blick fiel auf den Boden. Unter einem Ast des Baumes lagen noch ein paar Splitter der zerbrochenen Christbaumkugel, die sie offenbar übersehen hatte. Sie glitzerten rot. Jetzt wieder rot wie Blut!

Unbedeutende Verluste

Und es begab sich am Weihnachtstag in einem Land, in dem Krieg herrschte, dass in einem Stall ein Kind geboren wurde. Das Baby lag in Windeln gewickelt in einer Futterkrippe. Als es zu weinen begann, nahm seine Mutter es zärtlich hoch und legte es an ihre Brust. Der Junge beruhigte sich sofort. Mit einer liebevollen Geste strich die Frau ihm über den Kopf. Der Vater stand ein wenig abseits – fast so, als würde er nicht richtig dazugehören, doch er schaute den beiden lächelnd zu. Über den Köpfen der Erwachsenen und des Kindes schwebten hell leuchtende Heiligenscheine. Aus dem Hintergrund des Stalles trabten ein Esel und ein Ochse heran und glotzten neugierig. Sie waren Besucher nicht gewohnt. Draußen hatte die Nacht das Land in ihren dunklen Mantel gehüllt und über dem Stall stand ein großer, strahlender Stern. Jubilierende Stimmen schallten vom Himmel herab.

Eine Schar Hirten näherte sich langsam und ehrfürchtig – angelockt vom Glanz des Sternes und einer seltsamen, überirdischen Erscheinung auf der Weide, die den Männern die Geburt des Erlösers verkündet hatte. Wieder einmal. Sie kamen, um das Kind zu preisen. Nur noch 100 Meter trennten sie vom Stall.

Da zuckte ein Schatten vom Himmel herab und der Stall explodierte. Eine gewaltige Stichflamme schoss empor. Die Druckwelle fegte die Männer zu Boden. Stroh, Holzteile und blutige Fleischfetzen regneten auf sie herab. Einer der Hirten wurde vom abgerissenen Kopf des Esels an der Schläfe getroffen und war sofort tot. Bleierne Stille senkte sich über das Land. Die jubilierenden Stimmen waren verstummt. Die Welt hielt den Atem an.

Nach einer Weile rappelten sich die überlebenden Hirten mühsam auf. Es war ihnen, als erwachten sie aus einem schönen Traum. Der Stall war fort, von der Rakete in tausend Stücke gesprengt. Die Wirklichkeit hatte die Männer eingeholt – die grausame Realität des Krieges. Die Hirten suchten in den Trümmern nach verwertbaren Überresten. Einer schulterte ein abgerissenes Bein des Ochsen – immerhin Fleisch für zwei Tage. Ein anderer entdeckte einen Umhang, blutig zwar, aber nur ein wenig angesengt und kaum zerrissen. Ein dritter schließlich fand einen Heiligenschein. Er war klein, es war wohl der des Kindes. Der Hirte hob ihn hoch. Der Heiligenschein flackerte ein paarmal und erlosch. „Was willst du damit? Der ist nichts wert, den kannst du nicht essen", rief der Mann mit dem Ochsenbein auf der Schulter. Achselzuckend warf der Hirte den Heiligenschein fort und hob stattdessen ebenfalls ein Stück Fleisch des Ochsen auf.

Dann zogen die Hirten davon und nahmen ihren toten Kameraden mit. Stille kehrte ein über dem Trümmerfeld. Vom Himmel fielen große, goldene Tränen. Der Stern weinte.

Das Oberkommando der Invasionsarmee – sie selbst bezeichnete sich als Befreiungsarmee – gab noch in der Nacht bekannt, dass wieder Angriffe auf feindliche Stellungen geflogen worden seien. Die Kampfjets hätten natürlich ausnahmslos militärische Ziele bombardiert und mit ihrer unvergleichlichen Präzision auch ver-

nichtet. Das feindliche Regime sei entscheidend geschwächt worden. Zivilisten seien nicht zu Schaden gekommen.

Zwei Stunden später räumte das Oberkommando der Invasionsarmee – sie selbst bezeichnete sich als Befreiungsarmee – ein, dass doch eine Rakete ihr Ziel verfehlt hatte. „Nach letzten Informationen schlug sie in einem Stall ein, in dem ein obdachloses Paar mit seinem Baby lagerte", ließ ein Militärsprecher verlauten. Die Verluste seien zwar bedauerlich, aber unbedeutend!

So sexy war das Christkind noch nie

Niemand im privaten Pflegeheim „Sonnenhain" wusste, woher der Mann kam. Niemand wusste, wer er war, niemand kannte seinen Namen, nicht einmal die Direktorin. Im Frühsommer hatte der alte, dürre Mann in seinem Rollstuhl eines Abends vor dem Haus gestanden, mit nichts als seiner Unterwäsche und einem weißen Nachthemd bekleidet. Sein Blick ging ins Leere und er sabberte ein wenig. Auf seinem Schoß lag ein Kuvert. Er reagierte auf keine Frage der Pflegeschwester, die ihn entdeckte. Daher schob sie den Rollstuhl mit dem Mann kurz entschlossen in das Büro der Direktorin, die dort hinter ihrem Schreibtisch saß und die Ankömmlinge erstaunt musterte.

„Wir haben ein Findelkind", sagte die Schwester ironisch und überreichte ihrer Chefin das Kuvert. Diese öffnete es und fand darin einen Zettel mit einer kurzen Nachricht. „Kümmern Sie sich gut um ihn und bewahren Sie Stillschweigen über seine Person", stand da und sonst nur das Geburtsdatum des Mannes. Als die Direktorin die Ziffern las, klappte ihr vor Staunen der Mund auf. Noch viel unglaublicher war allerdings der Betrag auf dem Scheck, der ebenfalls im Kuvert steckte. Sie starrte fassungslos auf die vielen Nullen. „Mit dieser Summe könnten wir den Mann 1.000 Jahre lang versorgen", schoss es ihr durch den Kopf.

Die Direktorin lehnte sich in ihrem Sessel zurück und schloss für einen Moment die Augen. Als sie sie wieder öffnete, erschien ihr Gesicht der Schwester, die die Chefin interessiert beobachtete, plötzlich so entspannt, als wäre ihr eine tonnenschwere Last von den Schultern genommen worden. Genau so war es auch. Mit dem Heim war es in den letzten Jahren steil bergab gegangen. Früher hatten die Reichen und Schönen ihre betagten Angehörigen hierher zur Pflege gebracht und gutes Geld dafür bezahlt. Doch ihr Vorgänger hatte schlecht gewirtschaftet und – was noch schlimmer war – vor allem in die eigene Tasche. Der Skandal, als seine Machenschaften aufflogen, hatte für großes Aufsehen gesorgt und den Ruf des Pflegeheims „Sonnenhain" nachhaltig geschädigt. Viele wohlhabende Familien hatten ihre Angehörigen in anderen Einrichtungen untergebracht. Die Direktorin hatte sich zwar sehr bemüht, Vertrauen zurückzugewinnen, und es wäre ihr vielleicht sogar gelungen, hätte die Anlage nicht auch noch hohen Renovierungsbedarf gehabt. Die Rücklagen, die für diesen Zweck gebildet worden waren, hatte ihr Vorgänger ebenfalls veruntreut. Er saß zwar jetzt im Gefängnis, aber das Geld war weg. Mit der Zeit wurde es immer schwieriger, überhaupt neue Klienten zu gewinnen, und auch das Personal hatte längst nicht mehr die Qualität von einst, weil man natürlich auch bei den Löhnen Einschnitte hatte vornehmen müssen. Das Pflegeheim „Sonnenhain" befand sich in einer Abwärtsspirale und die Direktorin wusste nicht, wie sie diese stoppen sollte – bis zu jenem schicksalshaften Augenblick, als sie die Zahl auf dem Scheck las.

Noch einmal schaute sie ungläubig auf die riesige Summe, dann erhob sie sich schwungvoll, trat vor den Rollstuhl und musterte den Mann darin aufmerksam. Sein Haar war schlohweiß, aber noch immer dicht, das Gesicht wurde von unzähligen Falten regelrecht zerklüftet, die kaum noch erahnen ließen, wie es früher einmal ausgesehen haben mochte. Dennoch war da etwas in den Zügen des Mannes, das die Direktorin anziehend fand und das sie vermuten ließ, er könnte in jüngeren Jahren ein Frauenschwarm und Herzensbrecher gewesen sein. Aber das war lange her, sehr lange. Denn wenn das Geburtsdatum auf dem Zettel der Wahrheit entsprach, dann war der Mann 125 Jahre alt. Ein Methusalem!

Wo mochte er die letzten Jahre verbracht haben? Wer hatte sich um ihn gekümmert und warum hatte man ihn jetzt vor dem Heim abgestellt? Und warum sollte sie Stillschweigen bewahren? War er vielleicht Opfer eines Verbrechens geworden und machte sie sich mitschuldig, wenn sie ihn aufnahm, statt die Behörden von dieser „Aussetzung" zu informieren? Wieder blickte die Direktorin auf den Scheck und hoffte inständig, dass er gedeckt war. Die Summe machte ihr den Entschluss leicht. „Er bleibt! Zu niemandem außerhalb des Heims ein Wort darüber!", befahl sie der Schwester, nahm den Rollstuhl und schob den Mann persönlich zum besten Zimmer im Haus, das ohnehin gerade leer stand.

Sechs Monate waren seither vergangen und die Welt draußen hatte den alten Mann offenbar vergessen, denn Besuch bekam er nie. Er selbst schien sich auch gar nicht mehr als Teil dieser Wirklichkeit zu empfinden und hatte sich ganz in sich und vielleicht seine Erinnerungen zurückgezogen. Manchmal brabbelte er leise vor sich hin, doch verständlich waren seine Worte nie.

Anfangs hatte das „Findelkind“, wie der Mann vom Pflegepersonal und bald auch von den Bewohnern des Heimes genannt wurde, für einiges Getuschel gesorgt – vor allem, weil schon wenige Wochen nach seinem Eintreffen mit ersten Renovierungsarbeiten am Gebäude begonnen wurde. Davor hatte es immer geheißen, es fehle das Geld dafür. Man vermutete daher, dass der Fremde einst ein skrupelloser Geschäftsmann oder gar ein Unterweltboss gewesen war, den seine Verwandten nun ins Heim abgeschoben hatten – gegen eine sehr großzügige Spende und unter der Bedingung, seine Identität nicht preiszugeben.

Amalia allerdings, die sich durch einen gesunden Menschenverstand auszeichnete, glaubte nicht an diese Theorie. „Schau ihn dir an. Bei solchen Leuten gräbt sich die Erbarmungslosigkeit im Laufe des Lebens in die Stirn und die Wangenknochen ein. Sein Gesicht ist dafür zu weich. Wenn da nur nicht die vielen Falten wären – manchmal habe ich das Gefühl, ihn schon einmal gesehen zu haben“, flüsterte sie ihrer besten Freundin Rosalinde zu, als eine Schwester den Mann eines Tages am Gang vor ihrem Zimmer vorbeischob.

Und da geschah das Unerwartete. Der Alte hob plötzlich den Kopf und blickte Amalia an. Sie glaubte, so etwas wie Erkennen über sein Antlitz huschen zu sehen. Ein Leuchten trat in seine Augen und seine Mundwinkel zuckten, als wollte er sprechen. Doch der Moment ging vorüber. Der Glanz in seinen Augen erlosch und sein Kopf sank wieder auf die Brust. Die Schwester, die nichts bemerkt hatte, schob den Rollstuhl weiter. Amalia schaute ihnen nach, bis sie um eine Ecke des Ganges verschwanden. Ihr Herz klopfte laut.

Der Weihnachtstag kam. Am Nachmittag fand im Speisesaal des „Sonnenhains“ jedes Jahr eine Feier statt, an der alle Bewohner, die nicht das Bett hüten mussten, teilnahmen. Vorne wurde eine Bühne errichtet, darauf stand ein großer Christbaum und daneben ein alter, mit rotem Samt bezogener Lehnstuhl, der fast wie ein Thron aussah. Darauf nahm bei der Feier das Christkind Platz. In ein langes, weißes Kleid gehüllt, mit kleinen silbernen Flügeln am Rücken und mit einer goldenen Perücke am Haupt hielt es sozusagen Hof und winkte, während die Direktorin das Evangelium verlas und Weihnachtslieder gesungen wurden, huldvoll in die Menge. Am Ende erhoben sich dann, während „Stille Nacht“ erklang, alle Anwesenden, um dem Christkind zu applaudieren. Es war ein Ritual, das seit Bestehen des Heimes immer gleich ablief, und jedes Jahr durfte dabei ein anderer Bewohner die Rolle des Christkinds übernehmen. Trotz des eigentlich peinlichen Aufzugs rissen sich alle darum, Männer ebenso wie Frauen. Jede Gelegenheit, für kurze Zeit aus dem Alltagstrott auszubrechen, war ihnen willkommen. Zudem hatten viele der Bewohner einst ein Leben im Rampenlicht geführt und wünschten sich daher nichts sehnlicher als wieder einmal im Mittelpunkt zu stehen. Normalerweise wurde ausgelost, wer das Christkind spielen durfte, doch nicht in diesem Jahr. Der Scheck, den das „Findelkind“ im Gepäck gehabt hatte, prädestinierte es in den Augen der Direktorin für diese Rolle. Und so saß der uralte Mann am Weihnachtstag im weißen Kleid, mit silbernen Flügeln und goldener Perücke zusammengesunken auf dem gepolsterten Lehnstuhl auf der Bühne und sabberte vor sich hin. Und die Bewohner, die sich unten im Saal versammelt hatten, waren sich einig: So armselig war das Christkind noch nie!

Die Feier nahm ihren gewohnten Lauf, doch als sich zum Schluss alle erhoben und – diesmal eher halbherzig – Applaus für das Christkind spendeten, geschah das Unfassbare. Die Ovationen rissen den alten Mann auf der Bühne aus seiner Lethargie. Er hob den Kopf und blickte mit plötzlich klaren Augen in den Saal hinab. Dann richtete er den Oberkörper auf, hob langsam die rechte Hand und winkte in die Menge, die – verblüfft von dieser unerwarteten Reaktion – prompt lauter zu klatschen begann. Der Applaus schien für den Alten wie ein Jungbrunnen zu sein. Mit einer einzigen fließenden Bewegung erhob er sich plötzlich aus dem Lehnstuhl, riss sich mit einer Hand die Perücke vom Kopf und streifte dabei offenbar auch die Last seiner 125 Jahre ab. Aufrecht stand er da und die Menge im Saal verfolgte staunend, wie sich seine schlohweißen Haare in Sekundenschnelle grau färbten, die Falten in seinem Gesicht glätteten und seine Züge verjüngten. Um den Mund des Mannes spielte jetzt ein so verführerisches Lächeln, dass es manch einer der Frauen unten im Saal ein sehnsüchtiges Seufzen entlockte. Er sah jetzt so aus, als stünde er nicht am Ende, sondern in der Blüte seines Lebens und wäre nicht älter als vielleicht 50 Jahre. Obwohl er noch immer das lange weiße Kleid trug, unter dem sich seine große Windelhose deutlich abzeichnete, strahlte er nun Würde aus, fast Erhabenheit.

Amalia, die an einem Tisch in der zweiten Reihe saß und die Verwandlung fasziniert beobachtet hatte, erinnerte der Mann jetzt an einen gefeierten Schauspieler, der die Ovationen seines begeisterten Publikums entgegennahm. Er ließ seinen Blick durch den Saal schweifen – bis er genau auf ihr verharrte. Und wie schon vor einigen Wochen bei ihrer Begegnung im Gang, begannen die Augen des Mannes zu leuchten. Er machte ein paar Schritte nach vorne und schwang sich mit einer eleganten Bewegung von der Bühne herab. Das lange Kleid, das ihn hätte hemmen können, war plötzlich verschwunden, ebenso die Flügel, stattdessen trug er einen eleganten Smoking. Mit langen festen Schritten ging er auf Amalia zu, verbeugte sich leicht und seine Stimme klang tief und fast feierlich, als er fragte: „Darf ich um diesen Tanz bitten?"

Schon erfüllte Musik den Saal, die allerdings nicht aus den Lautsprechern, sondern direkt aus den Wänden zu kommen schien. Es war eine schwungvolle Melodie. Der alte Henry, der früher Musiker gewesen war und ein Faible für Jazz hatte, erkannte sie sofort. „Das ist *Why Shouldn't I?* von Cole Porter!", rief er begeistert und sah sich – Bestätigung heischend – im Saal um. Aber kein anderer Bewohner kannte den Song, was nicht verwunderlich war, stammte er doch vom Beginn des 20. Jahrhunderts. Amalia zögerte nur einen Atemzug lang, dann erhob sie sich von ihrem Sessel und ergriff die ausgestreckte Hand des attraktiven Mannes. Der Zauber, der das „Findelkind" verwandelt hatte, sprang im selben Augenblick auch auf sie über. Sie spürte, wie sich ihre Gestalt straffte und ihre Brüste hoben. Als sie an sich hinuntersah, trug sie nicht mehr ihr einfaches, einteiliges Kleid, sondern eine lange, glitzernde Abendrobe und silberne Schuhe.

Der Mann zog sie an sich. Dann tanzten sie. Er führte sie mit traumwandlerischer Sicherheit und ihre Schritte passten sich wie von selbst den seinen an. Sie bewegten sich in vollkommenem Einklang wie ein seit Jahrzehnten aufeinander eingespieltes Paar und schienen regelrecht durch die breiten Gänge zwischen den Tischreihen zu schweben. Amalia fühlte sich wie in einem Traum, in dem sie aber – wie sie genau wusste – nur eine Nebenrolle spielte. Denn die Zuschauer im Saal hatten nur Augen für ihren Partner, der sie mit seiner Ausstrahlung völlig in seinen Bann zog. Jeder Mann wünschte sich in diesem Augenblick, so zu sein wie er, jede Frau wünschte sich, er würde sie mit demselben Leuchten in den Augen ansehen wie seine Tanzpartnerin.

Das Lied endete. Als die letzten Töne verklungen waren, brachte der Mann Amalia zurück an ihren Tisch, verbeugte sich formvollendet und küsste ihr die Hand. „Danke für diesen wunderbaren Tanz", sagte er und verzog das Gesicht zu seinem unvergleichlichen Lächeln.

Da glaubte Amalia plötzlich zu wissen, wer er war. Doch konnte das wahr sein? Der Mann wandte sich ab, schritt zur Bühne und schwang sich elegant hinauf. Oben blieb er kurz stehen und winkte den Menschen im Saal noch einmal zu. Dann ging er zum Lehnstuhl und ließ sich darauf nieder.
Im gleichen Augenblick brach der Zauber. Der Mann verwelk-

te vor den Augen der Zuschauer im Saal, plötzlich trug er auch wieder das weiße Gewand mit den silbernen Flügeln und hatte die goldene Perücke am Kopf. Ein letztes Mal schaute er zu Amalia herab und seine Lippen formten die Worte: „Leb wohl!“ Dann wich das Leuchten aus seinen Augen und er sank in sich zusammen.

Lange Zeit war es vollkommen still im Saal. Die Bewohner und auch das Personal fühlten sich, als wären sie gerade aus einem seltsamen, aber wunderbaren Traum erwacht. Sie starrten abwechselnd den Mann im Lehnstuhl und dann Amalia an und versuchten zu begreifen, was geschehen war. Hatten sie alle dieselbe Halluzination durchlebt?

Plötzlich redeten alle auf einmal. Jeder hatte das Bedürfnis, seine Eindrücke zu schildern. Das Stimmengewirr war fast ohrenbetäubend. Oben auf der Bühne saß der alte Mann teilnahmslos und ein wenig sabbernd. Amalia sah ihn ungläubig an. Ihr war schwindelig und ihre Füße taten weh, aber es war ein süßer Schmerz. Sie erhob sich, um zur Toilette zu gehen und sich Wasser ins Gesicht zu spritzen. Sie hoffte, dass das ihren Kopf wieder klarer machen würde. Als sie die Tür der Halle erreichte, sah sie dort die Direktorin mit einer jungen Frau stehen, die Amalia lächelnd entgegensah.
„Wissen Sie, dass Sie meiner Ururgroßmutter ähneln?“, fragte die Fremde.
Amalia sah sie verwirrt an. „Ich ... nein ... wieso?“, stammelte sie. Die junge Frau ergriff ihre rechte Hand und drückte sie. „Ich

danke Ihnen für das, was ich gerade erleben durfte. Das war wohl nur an diesem besonderen Ort möglich und auch nur durch Ihre Anwesenheit. Der Charme meines Ururgroßvaters ist legendär. Es ranken sich wahre Legenden darum. Ich kannte ihn bisher allerdings nur aus Erzählungen und konnte ihn aufgrund der alten Filme, die ich gesehen habe, erahnen ... aber die Wirklichkeit übertraf alle meine Vorstellungen bei Weitem. Wobei mich seine Tanzkünste besonders überrascht haben, denn er soll von sich immer behauptet haben, nicht tanzen zu können."
Amalia sah die junge Frau neugierig an. Sie musste wohl eine Verwandte des alten Mannes sein.
Die Direktorin mischte sich ins Gespräch. „Diese junge Dame hier ist die Ururenkelin unseres ... äh ... besonderen Gastes. Sie ist heute zu uns gekommen, um ihn noch einmal zu sehen, und auch um uns zu offenbaren, wer er ist und warum sie ihn ausgerechnet zu uns gebracht hat. Das ist sozusagen ihr Weihnachtsgeschenk an uns."
Die junge Frau lächelte entschuldigend. „Mein Ururgroßvater hat an diesem besonderen Ort vor sehr vielen Jahren mit seiner Frau, meiner Ururgroßmutter, einige der glücklichsten Wochen seines Lebens verbracht. Damals war dieses Anwesen noch ein Hotel. Er hat schon vor vielen Jahren die Bitte geäußert und auch schriftlich festgelegt, einst hier aus dem Leben scheiden zu wollen. Ich bin seine letzte lebende Verwandte und wollte ihm diesen Wunsch natürlich erfüllen."
Die Direktorin runzelte die Stirn. „Aber warum haben Sie ihn dann einfach vor die Tür gestellt? Sie hätten mir das auch sagen können."

„Ich wollte jedes Aufsehen vermeiden. Mein Ururgroßvater war einst ein sehr berühmter Mann, und auch wenn er in Vergessenheit geraten ist, gibt es bestimmt noch Menschen, die sich an ihn erinnern. Ich wollte nicht riskieren, dass womöglich ein Journalist auf ihn aufmerksam wird, eine Geschichte daraus macht und aktuelle Fotos von ihm veröffentlicht. Darum die Bitte um das Stillschweigen über seine Person und darum die Spende, die dieser Bitte den nötigen Nachdruck verleihen sollte." Sie deutete auf den alten sabbernden Mann auf der Bühne. „Sehen Sie ihn sich jetzt an", sagte sie traurig. „Ich möchte, dass er der Nachwelt so in Erinnerung bleibt, wie wir ihn gerade erleben durften – großartig und strahlend."
Amalia nickte. „Ja, Sie haben recht. Das sollte er. Ich glaube inzwischen auch zu wissen, wer er ist. Sein – sagen wir – jüngeres Ich hat es mir verraten. Er war zu seiner Zeit ein großer Schauspielstar, nicht wahr? Ich liebe alte Filme und habe einige gesehen, in denen er die Hauptrolle spielte. Er war genauso großartig wie vorhin!"
„Darf ich vielleicht auch endlich erfahren, wer er ist?", fragte die Direktorin ein wenig eingeschnappt.
Amalia und die junge Frau sahen sich lächelnd an. Dann sagten sie zugleich: „George Clooney!"

Der Auftritt an diesem Nachmittag schien die Lebensgeister des alten Mannes endgültig erschöpft zu haben. Als man ihn zurück in sein Zimmer brachte und ins Bett legte, verfiel er in Bewusstlosigkeit. Er starb noch in der Weihnachtsnacht. Amalia und seine Ururenkelin saßen an seinem Bett. Jede hielt eine seiner Hände.

Im Heim waren das Fest und der denkwürdige Auftritt des „Findelkindes“, dessen Identität auch nach seinem Ableben ein Geheimnis blieb, noch lange Gesprächsthema. In einem Punkt waren sich dabei alle Bewohner des „Sonnenhains“, die diesen Weihnachtsabend miterlebt hatten, einig: „So sexy war das Christkind noch nie!“

Friede auf Erden

Ein Weihnachtsmärchen

Zwischen dem Weihnachtsmann und dem Christkind brach ein Streit aus. Der Weihnachtsmann hatte mit seinem Rentierschlitten den großen Ozean überquert und schickte sich an, die Kinderherzen in Europa zu erobern. Er saß in den großen Einkaufshäusern, er war der Star unzähliger Kino- und Fernsehfilme, und es gab ihn sogar in Schokolade gegossen. Es gab kein Kind, das ihn nicht kannte. Am Weihnachtsabend wollten die Buben und Mädchen vor dem Kamin schlafen, um vielleicht einen Blick auf ihn zu erhaschen, wenn er durch den Schornstein herabkam, um die Geschenke unter den Christbaum zu legen.

Oben auf seiner Wolke im Himmel saß das Christkind – und war traurig. „Früher haben die Kinder auf mich gewartet. Ich habe ihnen die Geschenke gebracht. Und sie haben sehnsüchtig auf das Läuten des Glöckchens gelauscht, das ihnen verkündete, dass ich da war." Das Christkind seufzte und weinte ein wenig. Es drohte völlig in Vergessenheit zu geraten. Die Zahl der Menschen, die ihm noch die Treue hielten, wurde immer geringer, und es waren zumeist auch nur Erwachsene. Die Kinder riefen nach dem Weihnachtsmann.

Irgendwann hatte es das Christkind satt. Eines Heiligabends wartete es am Himmel, bis der Weihnachtsmann in seinem Schlitten angeflogen kam, und stellte ihn zur Rede.
„Ich habe hier die älteren Rechte. Ich habe den Kindern schon die Geschenke gebracht, da gab es nicht einmal das Märchen, dem du entsprungen bist", sagte das Christkind und seine kindlichen Augen funkelten zornig.

Der Weihnachtsmann lächelte kalt. „Wir leben in einem globalen, freien Markt. Und ich habe ganz eindeutig das bessere Marketing. Rentiere, Elfen, Zauberei – damit eroberst du heutzutage Kinderherzen. Nicht durch putziges Aussehen, einen Heiligenschein und ein Paar Flügerl. Du bist zu altmodisch. Ältere Rechte zählen nicht. Das ist ein fairer Wettstreit. Möge der Bessere gewinnen. Hohohoho!"

Sein Lachen ließ keinen Zweifel daran, wen er für den Besseren hielt. Seine Elfen erzeugten in den Fabriken auf dem Nordpol mit ihren magischen Maschinen so viele Spielsachen und Geschenke – da konnten die Englein des Christkindes, die alles noch in Handarbeit herstellen, nicht mithalten.

Das Christkind nahm sich zu Herzen, was der Weihnachtsmann gesagt hatte. Es wollte nicht einfach klein beigeben. Also flog es zur Erde hinab und wandte sich an eine Werbeagentur. Die Chefin, die ein freundliches Gesicht, aber sehr berechnende Augen hatte, witterte sofort das große Geschäft. „Allerdings müssen wir dich – nun, wie soll ich es sagen –, wir müssen dich ein wenig aufpeppen!"
„Aufpeppen?", fragte das Christkind.
Dieses Wort hatte es noch nie gehört. Doch bald schon erfuhr es, was damit gemeint war, denn ganze Horden von Stylisten fielen über das Christkind und auch über seine Engel her. Sie alle bekamen ein Update – noch so ein eigenartiges Wort.

Als der erste abendfüllende Film mit dem Christkind über die Kinoleinwände der Erde flimmerte, da schwebte es nicht mehr auf einer Wolke, sondern saß in einem Space-Runner. Es hatte auch kein weißes Kleidchen mehr an, sondern einen futuristischen Fantasieanzug. Die goldenen Löckchen waren einer stacheligen Trendfrisur gewichen – mit lila und giftgrünen Strähnen darin. Im Film kämpfte das Christkind gegen einen alten, rot gekleideten Bösewicht, der frappant dem Weihnachtsmann ähnelte.

An diesem Heiligen Abend kam das Christkind nicht mehr heimlich zur Erde; eine große Schar Engel flog ihm wie eine Cheerleader-Gruppe voran. Auch sie hatten bunte Kostüme an, ihre Flügel glänzten silbern und sie legten – einige Meter über dem Boden schwebend – einen wilden, rockigen Tanz hin und schmetterten einen schmissigen Song, in dem es – wenn er überhaupt einen Inhalt hatte – nur darum ging, wie cool das Christkind war.

Die Strategie zeigte Wirkung. Nicht gleich im ersten Jahr. Aber im zweiten biss so manches Kind schon lieber einem Schoko-Christkind den Kopf ab als einem Schoko-Weihnachtsmann. Und im Himmel gab es nun ebenfalls Fabriken, in denen die Engel im Akkord schufteten und modernes Spielzeug herstellten – keine Züge mehr und keine watschelnden Holzenten, sondern Monster und Panzer und Raumschiffe mit vielen Kanonen und natürlich Computerspiele aller Art. Dem Christkind wurde immer ein wenig bang ums Herz, wenn es durch die Fabrik ging. Doch die Begeisterung der Kinder, die diese Geschenke bekamen, schien zu beweisen, dass das der richtige Weg war.

Zudem wandten sich ja auch immer mehr vom Weihnachtsmann ab und schrieben wieder Wunschzettel an das Christkind. Und die Chefin des Marketingunternehmens, mit der es nun jeden Morgen ein „Meeting" abhielt, betonte immer: „Der Zweck heiligt die Mittel." Und wenn etwas heilig war, so dachte das Christkind, dann konnte es doch nicht falsch sein.

Ein Fest des Friedens war das Weihnachtsfest freilich bald nicht mehr. Es verkam endgültig zur Konsumschlacht. Der Weihnachtsmann und das Christkind buhlten um die Kinder und versuchten sich von Jahr zu Jahr gegenseitig mit noch mehr und noch teureren Geschenken zu übertrumpfen. Auf der Erde herrschten zu Weihnachten viel mehr Streit und Zwietracht als die übrige Zeit im Jahr. Auch dort stritten sich die Anhänger des Weihnachtsmannes mit den Fans des Christkindes. Es gab blutige Nasen und eines Heiligabends sogar die erste Tote. Ein als Christkind verkleidetes Mädchen war in einer abgelegenen Gasse an eine Schar Weihnachtsmänner geraten. Diese hielten es fest und rissen ihm die Federn seiner Flügel einzeln aus. Bei der letzten fiel es tot um. Das arme Ding hatte ein schwaches Herz und dem waren die Aufregung und die Angst zu viel geworden.

Das Christkind und der Weihnachtsmann bemerkten nichts von solchen Gräueltaten, die in ihrem Namen geschahen. Sie waren zu sehr mit ihrem eigenen Wettstreit beschäftigt. Allmählich vergaßen sie, wofür sie eigentlich standen, vergaßen, dass Weihnachten das Fest der Liebe war. Heimlich schlichen sich Kälte und Bitterkeit in ihre Herzen – und sie zeugten gemeinsam den Hass.

So kam es, wie es kommen musste.

Eines Morgens, am 24. Dezember, erklärten der Weihnachtsmann und das Christkind einander hochoffiziell den Krieg. Der Weihnachtsmann schickte Legionen von Elfen mit fliegenden Schlitten in den Kampf und Herden von Robot-Rentieren mit roten Nasen, riesigen Mäulern und fürchterlichen Zähnen. Für das Christkind zogen Heerscharen von Engeln, in futuristische Kampfanzüge gehüllt, in die Schlacht. Sie alle waren mit Lametta-Werfern ausgerüstet.

Der Kampf war grausam und blutig.

Die Robot-Rentiere bissen den Engeln die Köpfe ab und die Elfen ließen ihnen mit Hilfe von dunkler Magie alle Federn ausfallen. Zu Tausenden stürzten sie hinab auf die Erde, entflammten während des rasenden Falls und krachten wie glühende Kometen in Städte und Dörfer. Doch auch die Waffen der Engel hielten blutige Ernte unter den Elfen. Das Lametta fraß sich wie Säure in die Schlitten und die Robot-Rentiere hinein, sie explodierten ebenfalls zu Tausenden und die Trümmer regneten wie feurige Schneeflocken vom Himmel.

Der Kampf tobte aber nicht nur am Firmament. Auf der Erde lieferten sich die Anhänger des Christkindes und des Weihnachtsmannes ebenfalls eine erbitterte Schlacht. Auch sie hatten jahrelang ihren Hass genährt und heimlich aufgerüstet. Nun ließen sie ihr ganzes Waffenarsenal auf die Feinde los. Raketen in Form von Christbaumkerzen schossen in den Himmel und Flugzeuge in Gestalt kleiner Marzipanmännchen ließen riesige als Christbaumkugeln geformte Bomben auf die Feinde hinabregnen.

Die Schlacht tobte den ganzen Tag. Am Himmel und auf der Erde. Auch die Länder, wo die Menschen weder an den Weihnachtsmann noch an das Christkind glaubten, wurden mit Verwüstung und Tod überzogen.

Als der Heilige Abend anbrach, wurde es allmählich still. Es gab keine Engel und keine Elfen mehr, die noch hätten kämpfen können. Sie alle waren hinabgestürzt. Der Himmel war leer.

Nur noch das Christkind und der Weihnachtsmann standen sich auf der Milchstraße gegenüber und starrten einander unversöhnlich an. Dann wurden sich beide plötzlich der unheimlichen Stille bewusst. Und ihr Blick fiel – endlich – hinab auf die Erde. Die Länder brannten, die Meere kochten. Kein Leben regte sich mehr. Keine Tiere, keine Menschen – keine Kinder, die auf Geschenke warteten.
Das Entsetzen kroch in die Herzen des Weihnachtsmannes und des Christkindes und vertrieb den Hass. Das Christkind raufte sich die violett-grünen Haare. „Was haben wir getan?“, flüsterte es. Der Weihnachtsmann schlug die behandschuhten Hände vors Gesicht und begann bitterlich zu weinen.

Aber gab es wirklich Grund zur Verzweiflung? Hatten sie nicht das Versprechen erfüllt, das zur Weihnacht den Menschen gegeben ward? Denn diese Heilige Nacht war tatsächlich eine stille Nacht. Und auf der Erde herrschte nun endlich dauerhafter Friede …

Das Weihnachts-Lachen

„Ich habe kein Lachen mehr“, sagte der Ladenbesitzer.
Ich starrte ihn an, ungläubig zuerst, dann zunehmend verzweifelt. „Aber das kann nicht sein!“, protestierte ich.
Er schüttelte bedauernd den Kopf. „Es ist, wie ich es sage! Alle Lachen sind verkauft!“
Ich konnte es nicht glauben, wollte es nicht glauben. „Aber heute ist Heiligabend“, protestierte ich.
Er nickte ungeduldig. „Ich weiß, was heute für ein Tag ist, und deswegen bitte ich Sie jetzt auch zu gehen. Es ist schon nach 17 Uhr und ich möchte mein Geschäft schließen. Sie sind zu spät gekommen. Ich hätte Sie gar nicht mehr einlassen sollen.“
Ich rührte mich nicht von der Stelle. „Ich brauche unbedingt ein Lachen!“, sagte ich.
Der Mann hinter dem Tresen wurde zunehmend ungehalten. „Dann hätten Sie früher kommen müssen. Jetzt sind keine Lachen mehr da!“, erklärte er.

Ich senkte schuldbewusst den Kopf. Er hatte recht. Ich hätte mir das Lachen natürlich viel früher besorgen müssen. Aber ich hatte kein Geld dafür gehabt. Meine zwei Halbzeitjobs warfen einfach nicht genug ab. Der Weihnachtsbaum und die Lachen für die Kinder und meine Frau hatten alle meine finanziellen Reserven verschlungen. Erst vor einer Viertelstunde hatte ich einen Bekannten überreden können, mir Geld vorzuschießen. „Also gut, weil Weihnachten ist“, hatte er widerwillig gesagt und im selben Atemzug horrende Gegenleistungen verlangt. Ich würde im kommenden Jahr in meiner ohnehin spärlichen Freizeit praktisch sein Sklave sein. Dennoch war ich ohne Zögern auf seine Bedingungen eingegangen. Hauptsache ich bekam mein Lachen. Nur das zählte! Ich konnte es doch meinen Kindern und meiner Frau nicht antun, ohne Lachen unter dem Weihnachtsbaum zu stehen.

Früher war uns Menschen das Lachen ja angeblich angeboren gewesen. Aber irgendwann zu Beginn des 21. Jahrhunderts war es uns abhandengekommen. Es begann mit der Coronakrise, die die Menschen zu Einzelgängern machte und den sozialen Zusammenhalt bröckeln ließ. Ihr folgten eine globale Wirtschaftskrise und Klimakapriolen, die die Reichen und Mächtigen trefflich zu nutzen wussten. Die Lage sei ernst, es drohe eine weltweite Katastrophe, erklärten sie. Alle müssten nun zusammenrücken und nur durch harte Arbeit zu geringem Lohn sei das Schlimmste noch zu verhindern. Für Vergnügen sei später wieder Zeit, wenn man die Lage unter Kontrolle habe. Doch dieses „später" kam nie. Die Menschen wurden zu kleinen Rädchen degradiert, deren einziger Lebenszweck es war, die Maschinerie der globalen Wirtschaft in Gang zu halten und den Profit und den Reichtum einiger weniger zu mehren. Irgendwann sprach es sich dann offenbar bis in die Gene durch, dass die Erde kein heiterer Ort war, oder vielleicht hatte auch die Coronaimpfung eine ungeahnte Spätfolge. Jedenfalls kamen von da an alle Kinder ohne Lachen zur Welt.

Nur an einem einzigen Tag wurde auf der Erde doch noch gelacht. Am Weihnachtsabend. Da war es dafür Pflicht – und nicht nur für die Christen, sondern für alle Menschen, egal welcher Konfession sie anhingen. Eigentlich erhob der Kapitalismus inzwischen ohnehin längst den Anspruch, die allein selig machende Religion auf dieser Welt zu sein.

Ein ganzer Wirtschaftszweig hatte sich auf die Herstellung der Weihnachts-Lachen spezialisiert. Es war ein langwieriger und schwieriger Produktionsprozess, und die Lachen waren daher entsprechend teuer. Hätte es nicht diesen moralischen Druck gegeben, am Weihnachtsabend – koste es, was es wolle – lachen zu müssen, hätten vermutlich viele Menschen darauf verzichtet. Aber wie hätten dann die Konzerne Profit machen sollen? Also manipulierte eine gigantische Werbemaschinerie die Menschen praktisch von der Wiege auf. Unablässig – sogar im Sommer – trommelte sie uns die immer gleiche Botschaft ins Hirn. Am Weihnachtsabend musste gelacht werden: in jeder Familie, in jedem Haus, in jeder Gefängniszelle, in jedem Schützengraben und sogar in den Sterbezimmern der Krankenhäuser. Das war wie ein ehernes Gesetz.

Am Weihnachtsabend nicht zu lachen war undenkbar. Das wäre wie Ostern ohne Eier oder Valentinstag ohne Blumen gewesen.

Darum war ich jetzt auch drauf und dran, vor dem Ladenbesitzer in die Knie zu sinken. „Ich hatte einen … finanziellen Engpass. Erst vor wenigen Minuten bekam ich das nötige Geld. Da war nur noch Ihr Geschäft offen“, erklärte ich verzweifelt. Dann faltete ich in einer Geste der Unterwerfung die Hände. „Bitte,

geben Sie mir ein Lachen. Ich nehme notfalls auch ein Grinsen. Und es reicht, wenn es nur eine Minute dauert. Damit wäre ich schon zufrieden", flehte ich. „Bitte haben Sie doch ein Herz!"
Der Mann schüttelte den Kopf. „Ich sage es noch einmal. Ich habe keine Lachen mehr, nicht das winzigste Lächeln. Mein Geschäft ist leergeräumt!"
Ich ließ die Hände sinken und starrte den Ladenbesitzer böse an. „Sie wollen den Preis in die Höhe treiben. Sie wollen meine Notlage ausnutzen. Das ist widerlich!", warf ich ihm vor.
Er schüttelte erneut den Kopf. „Ich will nur, dass Sie endlich verschwinden", schrie er.
Ich rührte mich nicht vom Fleck. „Ich gehe nicht ohne Lachen!", erklärte ich drohend leise.

Der Ladenbesitzer seufzte und bückte sich unter seinen Tresen. Als er wieder hochkam, hielt er eine Pistole in der rechten Hand. „Sie verschwinden jetzt besser", sagte er mit einem bezeichnenden Blick auf die Waffe. „Schließlich ist heute das Fest des Friedens!"
Ich hob beide Hände und nickte niedergeschlagen.

Ich wusste, dass ich endgültig verloren hatte. Es würde heuer kein Lachen für mich geben. Langsam drehte ich mich um, ging zur Tür und trat hinaus auf die Straße. Der Ladenbesitzer folgte mir mit erhobener Waffe und schloss sofort hinter mir ab. Ich blieb an der Tür stehen und drückte von außen meine Nase gegen das Glas. Er bemerkte natürlich, dass ich ihn beobachtete, doch es störte ihn offenbar nicht. Er ging zum Tresen, bückte sich und kam ohne Waffe, dafür aber mit einer Papiertüte wieder zum Vorschein. Daraus zog er ein Lachen hervor. Ein Lachen, strahlender als alle Lachen, die ich bisher gesehen hatte – bestimmt ein sehr lang andauerndes Lachen. Der Ladenbesitzer streifte sich das Lachen aufs Gesicht und ging die Treppe zu seinen Privaträumen hinauf. Mit brennenden Augen starrte ich ihm hinterher ...

Ich stand unter dem Weihnachtsbaum. Ich war wie erstarrt, zu keiner Bewegung fähig. Ich fühlte mich leer wie nie zuvor in meinem Leben, wie in einem Albtraum gefangen. Meine Frau und meine Kinder trugen schon ihre Lachen auf den Gesichtern. Meine Frau war eben dabei, die Kerzen am Weihnachtsbaum anzuzünden. Immer wieder warf sie mir dabei verstohlene Blicke zu. Und ich wusste sehr genau, was sie bedeuteten: „Wo ist dein Lachen?", fragte sie mich damit wortlos. Schließlich brannten alle Kerzen. Meine Frau sah mich nun direkt an. „Wollen wir anfangen?", fragte sie. Und als wären diese Worte die geheime Parole gewesen, auf die mein Körper gewartet hatte, fiel die Starre plötzlich von mir ab.

Jetzt also war der Augenblick der Wahrheit gekommen! Ich holte tief Luft. Dann griff ich in meine Jackentasche und zog ein Lachen heraus. Es war ein wenig verknittert, aber noch immer ein sehr strahlendes Lachen, das ich mir da rasch aufs Antlitz drückte. Nichts wies darauf hin, dass ich es erst kurz zuvor von einem toten Gesicht gerissen hatte ...

Die Heiligenscheine

In jener Heiligen Nacht kam das Christkind zu der Ausländerfamilie, die am nächsten Tag abgeschoben werden sollte, obwohl ihr in der alten Heimat der Tod drohte. Und es brachte ihr ein besonderes Geschenk.

Die Beamten, die am Morgen in das winzige Zimmer traten, um die Familie abzuholen und zum Flugplatz zu bringen, blieben wie angewurzelt stehen – mit weit aufgerissenen Augen und offenen Mündern. Denn ihnen bot sich ein unglaubliches Bild.

Da saßen der Mann und die Frau auf dem Fußboden, ihr Baby lag zwischen ihnen auf einem mit Stroh gefüllten Koffer. Alle drei hatten schwarze Hautfarbe – und einen Heiligenschein. Genau in diesem Augenblick schauten noch dazu ein Esel und ein Ochse beim Fenster herein – obwohl das Haus mitten in der Großstadt stand und sich das Zimmer im dritten Stock befand.

Die Beamten waren nicht sehr gläubig. Doch das gab ihnen doch zu denken. Sie holten also ihren Vorgesetzten. Der vermutete zuerst einen gemeinen Trick. „Was die Leute alles versuchen, um der Ausweisung zu entkommen", schimpfte er kopfschüttelnd. „Aber nicht mit mir. Ich bin ein alter Fuchs. Ich falle auf so etwas nicht herein."

Er stürmte in das Zimmer und wollte den Heiligenschein vom Kopf des Kindes reißen. Doch es gelang ihm nicht. Seine Hände glitten einfach hindurch. Wütend tastete der Beamte das Kind ab, wühlte auch im Stroh des Koffers, suchte nach der Lampe, mit der der Heiligenschein projiziert wurde. Vergeblich! Vorsichtshalber kniff sich der Mann selbst kräftig in den Arm – um sicherzugehen, dass er nicht etwa hypnotisiert worden war. Er war ein sehr gewissenhafter Beamter. Aber letztendlich musste er kapitulieren. Er fand keine Erklärung für die Heiligenscheine. Ratlos starrte er zum Fenster hinaus. Direkt in das Gesicht des Esels. „Iaah!", machte der.

Da fand der Beamte, dass es an der Zeit sei, den Minister zu informieren. Er ging in sein Büro, um ihn anzurufen. Doch er kam nicht mehr dazu, denn ein Untergebener stürmte herein, hielt sich nicht mit Erklärungsversuchen auf, sondern zerrte ihn zum Fenster. Der Mann deutete zum Himmel hinauf. Da stand ein großer strahlender Stern. Direkt über der Polizeistation. Unten auf der Straße heulten plötzlich Sirenen. Und da kamen auch schon die Autos des Ministers, des Bundeskanzlers und des Bundespräsidenten. Sie alle drei waren offensichtlich dem Stern gefolgt.

Der Minister, der Kanzler und der Präsident rannten die Treppe empor direkt in das Zimmer der Asylwerber. Dort starrten sie eine Weile sprachlos auf den Mann, die Frau und das Kind mit ihren Heiligenscheinen. Der Minister fasste sich zuerst und winkte ein paar Wissenschaftler herbei, die vor dem Zimmer warteten. Wie eine Heuschreckenplage stürzten die sich auf die Familie und untersuchten mit Lupen, mit Lasern und allem möglichen technischen Schnickschnack die Heiligenscheine. Vergeblich! Auch sie vermochten deren Herkunft nicht zu erklären. Schließlich zogen sie frustriert ab.

Der Minister, der Kanzler und der Präsident stellten sich in eine Ecke und tuschelten eine Weile miteinander. „Angenommen an der Sache ist etwas dran. Wenn wir sie jetzt abschieben, könnten wir früher oder später zur Rechenschaft gezogen werden. Von oberster Stelle", flüsterte der Minister mit bedeutungsvollem Blick gen Himmel. „Und es dürfte verdammt schwer werden, sich da rauszureden."
Der Kanzler nickte. „Und außerdem", fügte er hinzu und deutete verstohlen auf die Heiligenscheine, „lässt sich das touristisch sicher prima vermarkten. Das könnte sich als wahre Goldgrube erweisen – als Glücksfall für die angeschlagene Staatskasse."
Der Präsident nickte zustimmend. „Gut. Dann müssen wir aber ihren Status legalisieren!"

Sie wandten sich der Familie zu. Plötzlich war es, als trügen sie selbst lange, prunkvolle Gewänder und seltsame Hüte auf dem Kopf. Der Minister hatte einen Moment lang sogar den Eindruck, dass seine Haut schwarz sei. Das war ihm sehr unangenehm. Dennoch war er der Erste, der sprach.
„Für Vater, Mutter und auch das Kind,
bringe ich eine Aufenthaltsgenehmigung geschwind!"
Er war selbst überrascht, dass er plötzlich reimte – und fügte nach einer kleinen Pause noch erklärend hinzu:
„... weil wir ja keine Unmenschen sind!"

Dann war der Kanzler an der Reihe. Er wollte dem Minister nicht nachstehen. Also reimte auch er – so recht und schlecht:
„Damit er seine Familie ernähren kann,

bringe ich die Arbeitsgenehmigung für den Mann!"
Dass vielleicht auch die Frau arbeiten wollte, der Gedanke kam ihm nicht. Es war ihm ohnehin unheimlich, was er da sagte, und er bedauerte sehr, dass er die Route, auf der die Flüchtlinge ins Land gekommen waren, nicht rechtzeitig geschlossen hatte.

Dann warf sich der Präsident in Positur und verkündete mit lauter Stimme:
„Ich bin der Dritte hier im Bund.
Eine Wohnung bekommt ihr auch,
das tue ich euch kund!"
Der Kanzler musste über diesen holprigen Vers kichern und verbarg rasch seinen Mund in der hohlen Hand. Doch der Präsident hatte es gemerkt und funkelte ihn wütend an. Die beiden vertrugen sich nicht sonderlich.

Der Mann und die Frau auf dem Fußboden starrten die drei Politiker verständnislos an. Sie sprachen nicht Deutsch und hatten kein Wort von dem verstanden, was der Minister, der Kanzler und der Präsident gesagt hatten. Aber schließlich lächelten sie. Auch das Mädchen auf dem Stroh im Koffer gluckste vergnügt.

Oben im Himmel saß das Christkind und freute sich. Und es nahm sich vor, im nächsten Jahr, wenn es wieder zur Erde kam, viele, viele, viele Heiligenscheine mitzubringen.

Das Haar in der Suppe

Ein Weihnachtswunder

„Sie ist eine Tyrannin", rief Margot und warf ihren blondgelockten Kopf in den Nacken. Ihre blauen Augen funkelten zornig und ihre zierlichen Nasenflügel bebten vor Empörung.
Ihr Mann Thomas hob abwehrend die Hände. „Es kränkt mich, wenn du so von meiner Mutter redest", sagte er.
„Aber du sagst ja selbst, dass sie deinen Vater schikaniert", hielt Margot ihm entgegen.
„Na ja ... schikaniert ist vielleicht ein etwas zu hartes Wort. Sie weiß eben genau, was sie will ... und mein Vater ... mein Vater ... er ist ... na ja ... phlegmatisch", erklärte Thomas. Er war groß, hatte schwarzes Haar, ein rundes Gesicht mit einem dichten Vollbart und die Ausstrahlung eines großen Teddybären, was wohl an den etlichen Kilos zu viel auf seinen Rippen und vor allem an seinem dicken Bauch lag.
„Du meinst, er hat resigniert!", berichtigte ihn Margot, die nur um eine Fingerbreite kleiner war als ihr Mann und im Gegensatz zu ihm fast zu schlank. Man hätte argwöhnen können, er nehme ihr ständig das Essen vom Teller.
Thomas schüttelte den Kopf. „Es ist eine Sache zwischen den beiden. Wer bin ich, dass ich mich in die Beziehung meiner Eltern einmische?", fragte er.
„Ihr Sohn vielleicht ...?", gab Margot ihm eine Hilfestellung.
Thomas seufzte. „Ich weiß ja, dass die Besuche meiner Elt... meiner Mutter anstrengend für dich sind. Aber es ist Weihnachten, können wir da nicht einfach ein paar gemütliche – oder zumindest friedliche – Stunden miteinander verbringen? Es ist ja nur ein Mittagessen. Sie bleiben ohnehin nie lange."
„Ja", brummte Margot eingeschnappt. „Wahrscheinlich weil es

ihr bei uns zu schmutzig ist, obwohl ich vor jedem ihrer Besuche stundenlang putze. Kannst du dich noch erinnern, was mir deine Mutter im Vorjahr zu Weihnachten geschenkt hat?"
Er schüttelte den Kopf.
„Aber ich", schnaubte Margot. „Ein Buch: ‚Die Kunst, eine perfekte Hausfrau zu sein'. Und nachdem sie es mir überreicht hatte, hat sie deinem Vater zugeflüstert, dass sie uns vielleicht besser einen neuen Staubsauger hätten schenken sollen, weil unserer offenbar nicht mehr richtig funktioniert. Dabei hat sie selbst bis zu ihrer Pensionierung eine Putzfrau gehabt!"
Thomas seufzte. „Ich finde, du legst jedes Wort meiner Mutter auf die goldene Waagschale."

„Pfff", machte Margot. „Das brauche ich gar nicht. Ihre Blicke sagen mehr als tausend Worte. Und das Schlimme daran ist, dass ich mich deswegen auch noch schuldig fühle. Dabei wollte ich nie eine Hausfrau sein. Es sollte mir völlig egal sein, ob irgendwo Fusseln herumliegen, die sie mit ihren Falkenaugen natürlich sofort erspäht. Doch aus irgendeinem kruden Grund ist es das nicht. Und genau das macht mich fast wahnsinnig, dass deine Mutter es geschafft hat, mein Hirn zu infiltrieren. Dabei war ich eine Vorzeigestudentin und habe mein Chemiestudium mit summa cum laude abgeschlossen. Ich kann dir aus dem Effeff die chemische Zusammensetzung von Kartoffeln herbeten, wie viele Mineralstoffe und Vitamine sie enthalten und wie viel Mikrogramm Folsäure – und beim Lauch dasselbe. Aber aus den beiden Gemüsearten eine Suppe zu machen, die vor den Augen und vor allem den Geschmacksknospen deiner Mutter bestehen kann, daran scheitere ich kläglich. Eigentlich sollte sie Workshops für Restaurantkritiker anbieten: ‚100 verschiedene Rezepte, um einen Koch fertigzumachen'!“, rief Margot und rang verzweifelt die Hände. „Was ist nur aus mir geworden? Statt Wissenschaft zu betreiben, um die Menschheit als Ganzes voranzubringen, wie ich es mir als Studentin ausgemalt habe, zittere ich nun vor dem Gedanken, wie sich die rechte Augenbraue deiner Mutter missbilligend in die Höhe ziehen wird, wenn sie den ersten Löffel meiner Suppe in den Mund nimmt.“ Margot ließ sich auf einen Stuhl fallen und schlug die Hände vors Gesicht. „Sie hat mich in psychischer Geiselhaft, und ich bin drauf und dran, zum Hausmütterchen zu verkommen.“ Sie schüttelte verzweifelt den Kopf. „Ich muss hier raus, bevor ich völlig durchdrehe! Ich muss wieder in ein Labor.“

Thomas schaute sie betroffen an. So außer sich – das Wort, das ihm spontan einfiel, war „hysterisch“ – hatte er seine Frau noch nie erlebt, aber er wusste genau, dass er ihr das jetzt auf keinen Fall sagen durfte. Er hatte Betriebswirtschaft studiert und arbeitete im mittleren Management eines Industrieunternehmens. Auf Seminaren zur Mitarbeiterführung – und auch in fünf Ehejahren – hatte er gelernt, wann es besser war, einen Gedanken, der ihm durch den Kopf ging, nicht auszusprechen. Jetzt war Deeskalation angesagt. Er machte daher ein zerknirschtes Gesicht. „Aber ich dachte, wir hätten das ausdiskutiert, Schatz. Ich wusste nicht, dass dich das Daheimsein so belastet. Du hast dich bisher noch nie beklagt und du wolltest doch selbst die ersten Jahre mit Melinda verbringen“, sagte er vorsichtig.

Margot schluchzte. „Das wollte ich auch und das will ich noch immer. Ich liebe meine Tochter, aber ich will auch ein eigenes Leben haben. Ich habe Angst, dass ich mich hier verliere und zu einem Frauchen mutiere, das nur noch wartet, bis der Göttergatte nach Hause kommt, damit es ihm das Essen auf den Tisch stellen kann."
Ihr Mann legte ihr sanft die Arme auf die Schultern. „Aber ich esse ja ohnehin meist im Betrieb", sagte er und begriff im selben Moment, dass das die falschen Worte gewesen waren.
„Ja, weil du genau wie deine Mutter bist und weil dir mein Essen nicht schmeckt", pfauchte Margot auch prompt.
Thomas versuchte die Situation mit Humor zu entspannen. „Na ja, Schatz. Ich sehe nicht so aus, als würde mir dein Essen nicht schmecken", sagte er und legte die Hände demonstrativ auf seinen runden Bauch.

Tatsächlich huschte der Anflug eines Lächelns über Margots Züge. Sie mochte den Bauch ihres Mannes. Sie fand ihn viel erotischer als ein Sixpack, und das wusste er auch. Doch damit ließ sie sich jetzt nicht ablenken. „Ich habe ja wirklich versucht, die Achtung oder zumindest die Duldung deiner Mutter zu gewinnen, aber sie gibt mir noch heute die Schuld daran, dass du diese blonde Tussi nicht geheiratet hast, die Tochter des Bankdirektors. Das wäre ein Vorzeigefrauchen gewesen. Stattdessen hast du mich genommen, ein Mädchen aus einer Arbeiterfamilie mit feministischen Allüren, mit dem man sich in der besseren Gesellschaft der Stadt nicht sehen lassen kann", sagte Margot. „Was für eine Schande für das Modehaus Haumer, das die gesamte

High Society zu seinen Kunden zählt. Vermutlich bin ich in den Augen deiner Mutter auch noch der Grund dafür, dass du den Familienbetrieb schmählich im Stich gelassen hast."

Thomas schüttelte den Kopf. „Das ist Unsinn und das weißt du auch. Ich wollte das Modehaus nie übernehmen, im Gegensatz zu meiner Schwester. Bei ihr und ihrem Mann ist das Geschäft in den richtigen Händen. Er kommt auch aus einer Unternehmerfamilie und ist geschäftstüchtig, und sie entwirft sogar selbst Kleiderkollektionen und liebt Mode über alles. Mich hat sie hingegen nie interessiert", erklärte er und blickte unwillkürlich auf seinen ausgewaschenen Wollpullover hinab. Seine Mutter wäre bestimmt entsetzt gewesen, hätte sie ihn so stillos gekleidet gesehen.

Thomas wusste, dass seine Frau in vielen Dingen recht hatte. Emilia Gruber, geborene Haumer, war zwar in seinen Augen keine Tyrannin, aber sie war ohne Zweifel die graue Eminenz, die die Geschicke der Familie steuerte. In Wirklichkeit hatte sie auch das Modehaus geleitet, das nach wie vor ihren Geburtsnamen trug, und sein Vater war nur nach außen hin der Chef gewesen. Doch diese Rollenverteilung hatte für beide gepasst. Dass Thomas das Geschäft nicht übernehmen wollte, war ein herber Schlag für seine Mutter gewesen – und natürlich gab sie Margot die Schuld daran, denn sonst hätte sie sich ja selbst infrage stellen und vielleicht eingestehen müssen, dass ihr Sohn nicht in erster Linie vor der Verantwortung für das Modehaus geflohen war, sondern vor allem vor dem Leben, das seine Mutter für ihn durchgeplant hatte. Sogar eine Frau hatte sie ihm schon ausgesucht – die ideale Partie. Thomas hatte sich gefühlt wie in früheren Jahrhunderten vermutlich Sprösslinge einer Adelsfamilie, deren Heirat auch von den Eltern arrangiert worden war – als wären sie eine Handelsware. Er war zwar – ganz der gehorsame Sohn – ein paarmal mit Lisa – so hieß die Tochter des Bankdirektors – ausgegangen, empfand aber nichts für sie. Das wurde ihm spätestens in dem Augenblick klar, als er in der Mensa der Uni Margot kennenlernte. Schon am nächsten Tag hatte er das Intermezzo mit Lisa beendet, die darüber überhaupt nicht traurig schien. Thomas vermutete, dass sie genauso zu dieser Beziehung gedrängt worden war wie er. Seine Mutter hatte ihm bis heute nicht verziehen, dass er ihre Pläne durchkreuzt hatte, und das bekam auch Margot nach all den Jahren noch immer zu spüren.

Thomas seufzte. „Meine Mutter hat ohne Zweifel einen gewissen … Kontrollzwang. Sie ist halt selbst dazu erzogen worden, dass das Wohl der Familie und vor allem das des Modehauses Haumer immer an oberster Stelle zu stehen hat, und da ist sie bis heute zu keinen Kompromissen bereit. Sie ist vom alten Schlag und kann nicht über ihren Schatten springen. Aber enttäuscht ist sie von mir und nicht von dir. Doch das spielt keine Rolle, denn ich habe es keinen einzigen Tag bereut, dich geheiratet zu haben. Du bist die Liebe meines Lebens“, sagte er, zog Margot vom Stuhl und nahm sie in die Arme.
Sie sah ihm dankbar lächelnd in die Augen. Und plötzlich blitzte darin der Schalk auf. „Dein Hirn schüttet eindeutig zu hohe

Dosen Phenylethylamin aus. Darum siehst du mich mit der rosa Brille", sagte sie.
„Phenyleth... was?", fragte er.
„Das Hormon, das vor allem frisch Verliebte in Übermengen produzieren und das sie ganz närrisch aufeinander macht."
Er grinste: „Weißt du, dass ich es sehr sexy finde, wenn du so chemische Sachen sagst? Sie klingen so schön verrucht. Wie wäre es, wenn wir ins Bett gingen?"
Margot schüttelte den Kopf. „Du bist unmöglich", erklärte sie und seufzte in gespielter Verzweiflung. „Und ich falle leider immer wieder auf dich herein! Deine Mutter hätte mich vor dir warnen sollen, nicht umgekehrt."

Für diesen Abend war die Debatte damit zwar beendet, aber das Problem nicht gelöst. Je näher Weihnachten rückte und damit der Besuch von Thomas' Eltern, umso unleidlicher wurde Margot. Nicht einmal die dreijährige Melinda, die doch ihr Augenstern war, vermochte ihre Stimmung zu heben. Drei Tage lang war Margot zuerst mit dem Staubsauger und dann mit Wasserkübel und Lappen bewaffnet im Haus unterwegs und putzte wie besessen. Als Thomas anbot, ihr zu helfen, verscheuchte sie ihn. „Das ist eine Sache zwischen deiner Mutter und mir", erklärte sie kategorisch.

Für Thomas hörten sich die Worte seiner Frau an, als stünde ein Duell auf Leben und Tod bevor, und das machte ihn nervös, denn auch wenn er klar auf Margots Seite war, stand er in diesem Konflikt dennoch zwischen den Fronten, weil er keinen endgültigen Bruch mit seiner Mutter wollte. Bei seinem Austritt aus dem Familienunternehmen und der Heirat mit Margot hatte er ihn vermieden, indem er auf alle Ansprüche verzichtete, was ihm nicht schwergefallen war, weil er ohnehin auf eigenen Beinen stehen und weil auch seine Frau von seiner Mutter „nichts geschenkt haben“ wollte, wie sie damals kategorisch erklärt hatte.

Doch nun drohte erneut ein endgültiges Zerwürfnis. In dieser Nacht träumte Thomas von einer staubigen Straße in irgendeinem Kaff im Wilden Westen. Margot und seine Mutter standen sich dort gegenüber und die Turmuhr schlug eben 12 – high noon. Er wachte schweißgebadet auf und begriff, dass es so nicht weitergehen konnte. Er musste etwas unternehmen und er wusste auch schon genau, was zu tun war.

Am Abend des 23. Dezember schmückte er, nachdem Melinda ins Bett gegangen war, gemeinsam mit Margot den Weihnachtsbaum. Das war ein Ritual, das Thomas in den Jahren, die sie zusammen waren, lieben gelernt hatte. Diesmal war Margot jedoch einsilbig und schien mit den Gedanken weit weg. Als ihm eine Kugel aus der Hand fiel und am Fußboden zerschellte, pfauchte sie ihn an: „Feg das sofort zusammen, aber gründlich. Das fehlte mir noch, dass mir deine Mutter vorwirft, ich würde mein Kind gefährden, weil Splitter herumliegen.“
Thomas seufzte. „So geht das nicht weiter“, sagte er kopfschüttelnd. „Ich wollte dir dein Weihnachtsgeschenk zwar erst am Heiligen Abend geben, aber ich denke, es ist für uns beide bes-

ser, wenn ich es sofort tue." Er fasste Margot bei den Händen und sah ihr in die Augen. „Ich habe meinem Chef diese Woche erklärt, dass ich spätestens ab Mitte kommenden Jahres meine Arbeitsstunden dauerhaft um die Hälfte reduzieren möchte, weil dann meine Frau ebenfalls wieder ihren Beruf als Chemikerin ausübt und mit ihrer Brillanz sicher bald die Fachwelt zu Begeisterungsstürmen hinreißen wird. Also: Wenn du das willst, machen wir halbe-halbe, und du kannst schon im Jänner anfangen, dich um eine Anstellung umzuschauen. Mir ist klar geworden, dass ich nur glücklich sein kann, wenn du es auch bist", sagte er. Margot starrte ihn zuerst sprachlos an, dann fiel sie ihm stürmisch um den Hals und küsste ihn. „Ich liebe dich", sagte sie.
Er grinste. „Und das zu Recht", sagte er.

Sie hatten ein sehr schönes Weihnachtsfest und einen gemütlichen Christtag. Die Aussicht, wieder ins Berufsleben einzusteigen, schien das drohende Ungemach durch den Besuch der Schwiegermutter für Margot bei Weitem aufzuwiegen. Dennoch bereitete sie sich akribisch darauf vor. Am 26. Dezember frühmorgens sauste sie noch einmal mit dem Staubsauger durch das ganze Haus und wischte über alle Regale und Möbel in Blickhöhe, wo sich noch ein Staubkörnchen versteckt haben könnte. Dann begann sie das Mittagessen zuzubereiten.
„Maronencremesuppe mit Walnüssen und Entenbrustfilets mit Kroketten und Gemüse. Mir läuft jetzt schon das Wasser im Mund zusammen", sagte Thomas. Er schaute ins Backrohr. „Die Filets werden schon braun", berichtete er und leckte sich genießerisch über die Lippen.

Margot nickte geschäftsmäßig. „Das macht die Maillard-Reaktion“, erklärte sie, und als er sie fragend anschaute, dozierte sie mit erhobenem Zeigefinger: „Ist eine gewisse Temperatur erreicht, sorgt die Abspaltung von Wasser dafür, dass sich Zucker mit Aminosäuren verbindet und dabei Schiffsche Basen entstehen. Diese lagern sich in mehreren Schritten zu zyklischen Verbindungen um. Aus den hochreaktiven Alpha-Dicarbonylverbindungen, die dabei entstehen, gehen neue, zum Teil farbige Stoffverbindungen hervor. Am Ende der Maillard-Reaktion haben sich Melanoidine gebildet, auch Röstaromen genannt. Das sind die braunen Pigmente, aufgrund deren zum Beispiel diese Entenfilets knusprig-kross braun werden – und unvergleichbar lecker schmecken werden! Alles verstanden?“
„Nein, Frau Professor“, gab Thomas unumwunden zu. „Aber du weißt ja, was passiert, wenn du so chemische Sachen sagst. Das löst in mir auch spezielle chemische Prozesse aus“, sagte er lächelnd, zog seine Frau an sich und küsste sie.
In diesem Augenblick kam Melinda in die Küche gelaufen, sah die beiden und klammerte sich an ihre Beine. „Ich will auch schmusen“, sagte sie, und Thomas hob seine Tochter hoch und sie herzten und küssten sie gemeinsam. Melinda kicherte.
Dann löste sich Margot von ihnen. „Jetzt muss ich mich wieder um das Essen kümmern“, sagte sie.
„Ja, nicht dass dir die Melanoidine am Ende noch verkohlen“, sagte Thomas und erntete einen erstaunten Blick seiner Frau, weil er den Begriff korrekt ausgesprochen hatte.
„Sehr gut aufgepasst“, lobte sie und stieß im nächsten Moment einen Seufzer aus. „Melanoidine hin oder her – deine Mutter

wird bestimmt ein Haar in der Suppe suchen und finden. Mich zu kritisieren, das liebt sie doch", erklärte sie.
„Ein Haar in der Suppe", wiederholte Melinda.
„Ja, lecker, nicht wahr?", sagte Thomas lachend und wuschelte ihr den blonden Lockenkopf, den sie eindeutig von ihrer Mutter geerbt hatte.
„Lecker", wiederholte Melinda und lachte auch. Dann runzelte sie die Stirn. „Und was ist krit...sirieren?"
„Kritisieren", berichtigte Thomas. „Hm, das ist eine Art Schimpfen."
Er nahm seine Tochter auf den Arm und ging mit ihr aus der Küche. An der Tür blieb er nochmals kurz stehen und kitzelte Melinda, die sich kichernd wehrte. Er schaute zu Margot zurück: „Du wirst sehen, diese kleine Fee hier taut sogar das Herz der Eiskönigin. Meine Mutter liebt sie, auch wenn sie es nicht zeigen kann", sagte er.

Punkt 12 Uhr läutete es, natürlich Punkt 12. „Pünktlichkeit ist eine Zier", sagte Thomas grinsend. Wie oft hatte er als Kind diesen Spruch gehört. Er ging zur Tür, öffnete und ließ seine Eltern eintreten. Emilia Gruber war eine zierliche Frau, fast einen Kopf kleiner als ihr Mann, der dieselbe Statur wie Thomas hatte, groß und massig. Und doch war es Emilia, die jeden Raum, den sie betrat, sofort mit ihrer Präsenz erfüllte, und nicht ihr Mann. Sie war 66 Jahre alt, doch in ihrem braunen Haar gab es keine graue Strähne, wobei Thomas argwöhnte, dass seine Mutter mit Färbemittel der Natur trotzte. „Schön, dass ihr da seid", sagte er. Hinter ihm kam Melinda angelaufen. „Opa", rief sie und warf sich

Thomas' Vater entgegen, der sie lachend bei den Armen fasste und in die Höhe schwang. Melinda schrie begeistert. Emilia betrachtete das übermütige Treiben mit hochgezogener Augenbraue. „Alfred", sagte sie tadelnd. „Wie soll das Kind gute Manieren lernen, wenn du ihm so ein schlechtes Beispiel gibst?!" Ihr Mann seufzte, stellte die Kleine aber folgsam auf die Beine, machte eine galante Verbeugung und streckte ihr die Hand entgegen. „Guten Tag, schönes Fräulein", sagte er gestelzt. Melinda kicherte und Thomas' Mutter sah drein, als hätte sie auf eine Zitrone gebissen. Sie streckte nun ihrerseits der Kleinen die Hand hin und Melinda ergriff sie und schüttelte sie artig. „Guten Tag, Großmutter", sagte sie, denn Margot hatte ihr eingebläut, dass sie nicht „Oma" sagen durfte. „Guten Tag, Melinda", antwortete Thomas' Mutter förmlich. Aber ihren Sohn konnte sie nicht täuschen. Da war ein Schimmern in ihren Augen, das sie verriet. Er war sich sicher, dass sie Melinda auch gerne umarmt hätte, doch das ließ ihr enges Korsett aus Anstand und Etikette nicht zu. Es war ein bitteres Gefängnis, das sie sich selbst geschaffen hatte und aus dem sie nicht auszubrechen vermochte. Thomas empfand plötzlich Mitleid mit seiner Mutter.

Sein Vater war inzwischen in die Küche gegangen und umarmte dort auch seine Schwiegertochter. Die Begrüßung der beiden Frauen fiel hingegen distanziert aus. „Es ist schön, dass ihr uns wieder einmal besucht", sagte Margot steif. Emilia nickte. „Ja, wir haben leider viel zu selten dieses ... Vergnügen." Thomas war sich sicher, dass seine Frau das winzige Zögern seiner Mutter vor dem letzten Wort gehört hatte. Aber Margot beherrschte sich und lächelte. „Ihr könnt euch schon setzen. Ich trage gleich das Essen auf." Emilia ging mit ihrem Mann und ihrem Sohn ins Esszimmer hinüber. „Ich will bei Opa sitzen", rief Melinda, aber Margot hatte ohnehin so gedeckt, dass die Kleine zwischen den Großeltern platziert war. Sie setzten sich und Margot kam mit der Suppe herein. Sie stellte sie auf den Tisch und begann die Teller zu füllen.

Thomas' Mutter blickte hinüber ins Wohnzimmer und taxierte den Weihnachtsbaum. „Schön geschmückt", befand sie, doch der Klang ihrer Stimme strafte ihre Worte Lügen, und die Kritik folgte auch auf dem Fuße: „Na ja, vielleicht ist er eine Spur überladen. Manchmal ist weniger eben mehr. Ich kann dir gerne einige Tipps geben, für das nächste Jahr. Meine Mutter war zwar davon überzeugt, dass man Stil im Blut haben muss, aber ich habe im Laufe meines Lebens festgestellt, dass Menschen, denen er nicht angeboren ist, ihn zumindest bis zu einem gewissen Grad erlernen können", erklärte Emilia gönnerhaft. Thomas sah, wie Margot die Lippen so fest aufeinanderpresste, dass sie weiß wurden, und beeilte sich, die Situation zu entschärfen. „Also ich finde unseren Baum einfach wunderbar. Er passt genau so, wie er ist – denn es ist unser Baum und wir wollen ihn nicht anders haben", sagte er und schaute seine Mutter streng an. Diese nickte und lächelte gezwungen. „Natürlich!" Inzwischen war die Suppe verteilt und Margot setzte sich. „Na dann: Mahlzeit", sagte Thomas und alle tauchten ihre Löffel in die Teller.

Nur Melinda nicht. Stattdessen zupfte sie sich plötzlich ein langes blondes Haar vom Kopf, streckte ihre kleine Hand aus und ließ es in die Suppe ihrer Großmutter fallen. Die Szenerie gefror. Die Erwachsenen saßen regungslos da und starrten mit vor Erstaunen oder Entsetzen weit aufgerissenen Augen entweder auf das Kind oder auf das Haar in der Suppe. Niemand schien einer Bewegung oder auch nur eines Lautes fähig. Es war wie die gespenstische Stille, die sich in den letzten Augenblicken vor einem Vulkanausbruch über das Land legt. Und dieser stand ohne Zweifel unmittelbar bevor. Schon begann sich Emilias Mund zu öffnen und Thomas befürchtete, dass die nächsten Worte seiner Mutter – so verletzend wie glühende Lava – den mühsam aufrechterhaltenen Weihnachtsfrieden aus dem Raum fegen würden. Da durchbrach Melinda mit ihrer hellen Kinderstimme das unheilvolle Schweigen. „Mama hat gesagt, dass du immer ein Haar in der Suppe suchst, aber diesmal hat sie vergessen, eines reinzutun. Und damit du nicht mit ihr schimpfen musst, wenn du keines findest, habe ich dir eines von meinen gegeben! Freust du dich?", fragte sie und schaute ihre Großmutter dabei treuherzig an.

In einem Theaterstück hätte Emilia Gruber, geborene Haumer, für die nun folgende Darbietung einer biblischen Salzsäule vom Publikum ohne Zweifel Standing Ovations geerntet. Thomas fürchtete einige Augenblicke lang sogar, seine Mutter sei tatsächlich versteinert. Dann, endlich, kam Bewegung in ihr Gesicht. Sie schloss langsam die Augen und als sie diese ein paar Atemzüge später wieder öffnete, schimmerten Tränen darin. Thomas klappte vor Staunen der Mund auf. Er konnte sich nicht erinnern, seine Mutter jemals weinen gesehen zu haben, und seinem Vater erging es wohl genauso, wie sich Thomas mit einem raschen Seitenblick vergewisserte. „Was passiert hier?“, dachte er fassungslos.

Emilia schaute indessen auf das Haar in ihrer Suppe, und plötzlich rannen zwei große Tränen ihre Wangen hinab und veränderten ihr Gesicht in einer Weise, wie es ihr Sohn niemals für möglich gehalten hätte. Es war, als blätterte in Sekundenschnelle die in Jahrzehnten geschaffene starre Maske aus eiserner Disziplin und gesellschaftlicher Konvention vom Antlitz seiner Mutter – und darunter kam ein lebendiges, fühlendes Wesen zum Vorschein. Ein Beben lief durch den Körper der kleinen Frau, und sie holte einmal tief und geräuschvoll Luft, wie jemand, der aus einem langen, totenähnlichen Schlaf erwacht. Sie blickte zu Margot hinüber und flüsterte „Verzeih einer törichten alten Frau!“ Dann sah sie Melinda an. „Du hast recht. Ich habe in jeder Suppe ein Haar gesucht. Weißt du, ich war wie eine verzauberte Prinzessin im Märchen. Aber jetzt bin ich erlöst.“

Melinda nickte, als verstünde sie ganz genau, was ihre Großmutter damit sagen wollte, und Emilia nahm die Kleine spontan in die Arme und drückte sie. Im ersten Augenblick versteifte sich das Mädchen, überrascht von dieser bisher nie gekannten Nähe zu ihrer Großmutter, doch dann erwiderte es die Umarmung. Schließlich löste sich Emilia von der Kleinen, nahm ihren Löffel, fischte das Haar aus der Suppe und legte es auf ihre Handfläche. „Schau nur, was mich erlöst hat“, sagte sie lächelnd zu dem Mädchen. „Es ist das Haar eines kleinen Weihnachtsengels.“

„Glaubst du, dass ihre Wandlung von Dauer ist?“, fragte Margot ihren Mann viel später, als sie im Bett lagen. Die Eltern waren bis zum Abend geblieben und Thomas' Mutter war wie ausgewechselt gewesen, hatte zwanglos mit ihnen geplaudert und gelacht und sich schlussendlich sogar auf den Boden gekniet, um mit Melinda zu spielen. Zum Abschied hatte sie alle umarmt – auch Margot. Das hatte es vor diesem denkwürdigen Mittagessen noch nie gegeben. „Danke für diesen kleinen Weihnachtsengel, der mir die Augen geöffnet hat. Ich fühle mich wie neugeboren“, hatte Emilia gesagt.

Thomas zuckte mit den Schultern. „Keine Ahnung, ob sich ein Mensch in so kurzer Zeit so völlig verändern kann. Aber hey, es ist Weihnachten, und da geschehen bekanntlich Wunder“, sagte er.
Margot nickte. „Ja, es war fast so, als würde sich vor meinen Augen Kohlenstoff in Cäsium verwandeln, was natürlich völlig unmöglich ist, weil das eine, laut Härteskala von Mohs, das härteste, das andere das weichste Element auf dieser Erde ist. Eine derartige Transformation würde die Grundgesetze der Chemie auf den Kopf stellen“, erklärte sie.
„Tja die Grundgesetze der Psychologie sind da offenbar etwas flexibler“, sagte Thomas und runzelte die Stirn. „Ich mag zwar deine chemischen Vergleiche, aber können wir uns im Fall meiner Mutter nicht doch einfach auf ein Weihnachtswunder einigen, ausgelöst von einem kleinen blonden Engel? Das wäre romantischer.“
Margot lächelte. „Einverstanden!“, sagte sie und rückte näher an ihn heran. „Weil du gerade von Romantik gesprochen hast ...“ Sie

strich Thomas mit der Hand zärtlich über den Bauch, brachte ihren Mund ganz nahe an sein Ohr und flüsterte: „Hexahydroxoantimon“.

Er seufzte wohlig.

„Trihydrogenarsenit“, hauchte seine Frau.

„Du ungezogenes kleines Teufelchen“, sagte Thomas selig.

„Eicosatetraensäure“, schnurrte Margot ...

Das Attentat

Der Mann stand plötzlich vor dem Schreibtisch. Er war schmutzig und seine Kleidung zerlumpt. Die fettigen schwarzen Haare klebten am Kopf, die Wangen waren eingefallen, die Augen lagen tief in den Höhlen. Ihr Blick flackerte.

Der Manager starrte den Eindringling erschrocken an, der es offenbar geschafft hatte, sich unbemerkt an den Wachen vorbeizustehlen. Auch er hatte ihn nicht kommen hören. Er war zu sehr auf seine Arbeit konzentriert gewesen. Gerade hatte er eine E-Mail versandt, in der er die Schließung einer Fabrik anordnete. Sie warf zwar noch beträchtlichen Gewinn ab, aber der Manager wusste, dass er diesen verdoppeln konnte, wenn er die Produktion in ein Billiglohnland verlegte. Dass die 500 Arbeiter ihre Entlassungsbriefe just am Weihnachtstag zugestellt bekommen würden, hatte er nur am Rande registriert. Es spielte keine Rolle. Hier ging es ums Geschäft. Da war kein Platz für Emotionen.

Außerdem hatte Weihnachten dem Manager nie viel bedeutet. Nicht einmal als Kind. Seine Eltern hatten an diesem Tag meist nur noch mehr gestritten als sonst. Am Abend hatten sie dann auf heile Familie gemacht, und er hatte mit ihnen Weihnachtslieder singen müssen. Er hatte es gehasst. Und die vielen Geschenke! Damit hatten seine Eltern nur ihr schlechtes Gewissen beruhigen wollen, weil sie nie Zeit für ihn hatten. Er fragte sich schon damals manchmal, warum sie überhaupt ein Kind – warum sie ihn – hatten haben wollen. Inzwischen wusste er die Antwort. Aus Prestigegründen, weil ein Kind eben zu einer Vorzeigefamilie gehörte. Mit Gefühlen oder gar mit Liebe hatte das nichts zu tun gehabt.

Der Manager lächelte bitter. Sentimentalität war ihm schon früh im Leben ausgetrieben worden. Er hatte gelernt, dass nur der Starke überlebte. Und er war stark. Er hatte sein Herz verhärtet, hatte mit den Jahren jede Regung, jedes Gefühl daraus vertrieben. Tag für Tag war es ein bisschen mehr versteinert und inzwischen war sein Herz hart wie Diamant – und so grausam kalt wie das antarktische Eis. Weihnachten? Der Manager lächelte abfällig. Nein, Weihnachten war wirklich kein Grund zur Rührseligkeit. Und die Beschäftigten in seinen Fabriken waren im Grunde nur Zahlen auf dem Papier. Warum sollte er sich Gedanken über sie machen? Sie hatten keine Gesichter.

Aber der Mann, der jetzt vor seinem Schreibtisch stand, der hatte ein Gesicht. Und es blickte finster drein.
„Wer sind Sie? Wie kommen Sie hier herein?“, fragte der Manager.
Der zerlumpte Mann lachte heiser. Es klang irre. „Ich weiß nicht. Aber offenbar hat mir jemand meinen größten und letzten Wunsch erfüllt. Vielleicht war es ja das Christkind“, sagte er und lachte wieder.

Der Manager drückte mit dem Zeigefinger unauffällig auf einen Knopf an der Unterseite seines Schreibtisches. Er atmete tief durch. Gleich würde der Sicherheitsdienst ins Büro stürmen und dem Spuk ein Ende machen. „Was wollen Sie?“, fragte er den Zerlumpten. Er musste Zeit gewinnen. Möglicherweise war der Mann gefährlich, obwohl er keine Waffe zu besitzen schien, denn sonst hätte er sicher schon damit gedroht.

Der Eindringling hörte auf zu lachen, und sein Gesicht verfinsterte sich noch mehr. „Ich bin gekommen, um mich zu rächen!", stieß er hervor.
Der Manager drückte wieder auf den Knopf unter der Tischplatte. Hektisch und mehrmals hintereinander. Wo blieb der Sicherheitsdienst? „Rächen?", fragte er den Mann. Er war ehrlich verblüfft. „Wofür? Ich habe Sie nie zuvor in meinem Leben gesehen. Was soll ich Ihnen also angetan haben?"
Die Züge des Mannes gefroren zu Eis. „Sie haben mein Leben zerstört", sagte er leise. Es klang mehr wie eine Feststellung als wie eine Anklage.
„Das ist absurd, ich kenne Sie doch gar nicht!", rief der Manager.
Der Blick des Mannes durchbohrte ihn nun regelrecht. „Ich war ein Arbeiter in einer Ihrer Stahlfabriken – bis Sie sie vor acht Monaten grundlos geschlossen haben und ich dadurch meinen Job verlor."

Der Manager wischte mit einer Hand durch die Luft, als wollte er eine lästige Fliege verscheuchen – oder einen bösen Traum. Nun war es also tatsächlich passiert. Eine der Nummern auf dem Papier, mit denen er Tag für Tag herumjonglierte, hatte Gestalt angenommen, war in sein Büro eingedrungen und wagte ihn zu belästigen. Er erinnerte sich natürlich an die Fabrik, von der der Mann sprach. Auch sie hatte er in ein Billiglohnland

verlegt, um noch mehr Profit zu machen. Er lächelte kalt. Der Mann war nur eine Nummer, und er war keiner Nummer eine Rechenschaft schuldig.
„Ich hatte meine Gründe für die Schließung. Es war eine rein geschäftliche Entscheidung“, sagte er und fügte nach kurzem Zögern, aber mit fester Stimme hinzu: „Ich würde sie jederzeit wieder treffen.“
Der Mann starrte ihn fassungslos an. „Was sind Sie nur für ein Mensch? Haben Sie kein Gewissen? Glauben Sie an gar nichts?“
Der Manager lachte auf. „Doch. Ich glaube an das Geld, das mir Macht über die Menschen verleiht. Und ich glaube an Gewinnmaximierung als oberste Direktive meines Strebens.“
Der zerlumpte Mann schloss für einen Moment die Augen. „Meine Frau ist tot!“, flüsterte er dann unvermittelt.
Den Manager verwirrte der plötzliche Themenwechsel. Er blickte den Zerlumpten verständnislos an. Dann räusperte er sich. „Tja, das tut mir leid“, sagte er ohne wirkliches Mitgefühl, „aber ...“
„Sie hätte nicht sterben müssen“, sagte der Eindringling. „Ihr Krebs wurde eine Woche nach meiner Entlassung entdeckt. Er wäre operabel gewesen. Doch unsere Krankenversicherung hat uns hinausgeworfen, als ich meinen Job verlor, und ich hatte nicht genügend Geld für den Eingriff gespart, und keine Bank wollte mir Kredit geben ...!“

Der Manager stieß einen Seufzer aus. Nicht aus Mitleid, sondern vor Ungeduld. Wo blieb der Sicherheitsdienst? Die Herrschaften ließen sich Zeit, aber das würde er ihnen abgewöhnen. Die Verantwortlichen für diese Schlamperei würden sich schon morgen um eine neue Arbeitsstelle umsehen müssen, und er würde dafür sorgen, dass sie die nicht so schnell bekamen. Ein paar Anrufe würden genügen.

„Wirklich tragisch", sagte der Manager zu dem Mann vor ihm. „Aber was kann ich dafür, dass die staatliche Krankenversicherung abgeschafft wurde? Und dass bei privaten Anstalten eine Krebserkrankung ein Kündigungsgrund ist, das ist ja bekannt – und verständlich. Die Kosten, die da auflaufen, stehen in keinem Verhältnis zu den Prämien, die gezahlt werden. Schließlich muss auch eine Versicherungsgesellschaft ihren Gewinn machen. Ihre Aktionäre wollen am Ende des Jahres Bares sehen. Tja, so ist nun mal das Leben."
„Nein!", stieß der Mann hervor. „So muss das Leben nicht sein. Es sind Leute wie Sie, die diese Welt kalt und grausam machen. Sie sind schuld am Unglück so vieler Menschen. Sie hätten die Firma nicht schließen müssen. Sie warf doch Gewinn ab. Es gab keinen Grund dafür, so viele Familien ihrer Existenz zu berauben."
Der Manager schnaubte empört. Wie konnte es diese unwichtige Zahl auf dem Papier wagen, plötzlich Gestalt anzunehmen und ihm Vorwürfe zu machen? „Sie verstehen überhaupt nichts vom Geschäft!", sagte er geringschätzig.

Der Mann lachte bitter. Er griff in eine Hosentasche, und der Manager befürchtete einen Augenblick lang, er würde nun doch eine Waffe herausziehen. Aber es war nur das Foto einer jungen Frau. Sie war nicht besonders hübsch, aber auch nicht hässlich. Sie lächelte und sie wirkte glücklich.

„Das ist … war meine Frau!“, sagte der Mann.
Der Manager seufzte. „Tja, wie gesagt. Ihr Tod war Schicksal. Nichts sonst.“
Der Mann starrte ihn an. „So gefühlskalt können Sie doch nicht sein“, sagte er. „Haben Sie kein Herz?“
Der Manager stieß pfeifend die Luft aus. „Was wollen Sie denn nun wirklich von mir?“, fragte er.
Der Mann trat einen Schritt auf ihn zu. „Das habe ich schon gesagt. Rache!“, sagte er.
Der Manager drückte erneut fest auf die Alarmtaste unter seinem Schreibtisch. Wo blieb diese verfluchte Wachmannschaft? „Ich verstehe. Sie wollen Geld“, sagte er. „Nun, ich bin sicher, wir werden uns einigen.“ Es war seine feste Überzeugung, dass sich mit Geld alle Probleme lösen ließen.
Der Mann machte noch einen Schritt auf den Schreibtisch zu. „Nein. Ich will kein Geld. Ich will Rache“, sagte er leise. Es klang nicht sonderlich bedrohlich, wie er es sagte, eher beiläufig. Trotzdem lief dem Manager ein Schauder über den Rücken.

Der Mann redete jetzt wie im Selbstgespräch. „Du wolltest wissen, wie ich hereingekommen bin.“ Er lachte. „Ich weiß es selbst nicht. Ich saß daheim – in diesem schrecklich leeren, einsamen Haus. Und ich wünschte mir ein Weihnachtswunder. Ich weiß, dass mir nichts meine Frau zurückbringen kann, aber ich wünschte mir, dass ich zumindest Rache nehmen kann. Und plötzlich hörte ich ein Glöckchen läuten. Es klang wie jenes, mit dem das Christkind die Kinder zur Bescherung ruft. Ja, und dann stand ich plötzlich hier. Vor dir!“

Der Manager registrierte erschrocken, dass der Mann ihn jetzt duzte. Wie kam der freche Kerl dazu, sich auf eine Stufe mit ihm zu stellen? „Was wollen Sie jetzt tun?", fragte er.
Der Mann lächelte sanft. „Jetzt", sagte er, „räche ich mich!"

Er schritt um den Schreibtisch herum, trat dicht an den Sitzenden heran und beugte sich zu ihm hinab. Sein Gesicht war nun nahe an dem des Managers: „Ich will, dass du leidest", flüsterte er. „Du sollst meinen Schmerz fühlen." Der Manager hob abwehrend eine Hand, doch der Zerlumpte drückte sie ohne sonderliche Kraftanstrengung zur Seite. Er schüttelte den Kopf. „Nein, nein. Ich werde dich nicht töten. So einfach mache ich es dir nicht. Du sollst leben. Aber du sollst die Schuld, die du auf dich geladen hast, fühlen. Jetzt kannst du das nicht, weil du ein Herz aus Stein hast, das habe ich längst begriffen. Also brauchst du ein anderes Herz."

Vor den ungläubigen Augen des Managers griff der Mann in seine Brust und riss sich sein Herz aus dem Leib. Es pochte heftig. Der Mann schaute dem Herz einige Atemzüge lang interessiert zu. „Ich brauche es nicht mehr, denn ich gehe zu meiner Frau", sagte er dann. „Es ist für dich. Ich schenke es dir. Mein Herz ist meine Rache." Er streckte die andere Hand aus, griff in die Brust des Managers, riss dessen versteinertes Herz heraus und stopfte sein eigenes in die Lücke. Er lachte noch einmal, triumphierend diesmal. Dann fiel er um und rührte sich nicht mehr. Das Herz des Managers rollte aus seiner offenen Hand auf den Boden, schwer und polternd wie ein Stein.

Der Manager schrie entsetzt auf. Er schaute auf seine Brust hinunter. Sein Hemd war zerrissen und voller Blut, aber da war keine Wunde. Seine Brust war heil und fest verschlossen. Der Manager versuchte, mit seiner Hand hineinzugreifen, um sich das fremde Herz aus dem Leib zu reißen. Vergeblich. Seine Finger stießen auf festes Fleisch. Der Manager ließ die Hand sinken und starrte auf das Herz am Boden. Es war tatsächlich aus Stein. Starr, leblos.

Der Manager horchte in sich hinein. Er fühlte sich seltsamerweise nicht anders als sonst. Offenbar hatte sein Körper den Herztausch gut überstanden. Eine Viertelstunde verging, dann eine halbe Stunde. Der Manager konnte keine Veränderung an sich erkennen. Er lachte heiser. Der Eindringling hatte sich getäuscht. Seine Rache fand nicht statt. Sein Gehirn, sein eiserner Wille, sein Geschäftssinn triumphierten über das fremde Herz.

Der Manager wandte sich dem Computerbildschirm zu. Dort war noch immer die E-Mail zu sehen, mit der er die Schließung seiner Fabrik angeordnet hatte. Die Zahl 500 sprang ihm ins Auge. Die Anzahl der Arbeiter, die ihren Job verlieren würden. Plötzlich begannen die drei Ziffern zu flimmern, sprangen aus dem Computer heraus, wuchsen zu zwanzigfacher Größe heran und zerstoben in hunderte Pünktchen, die sich rasch zu Faustgröße ausdehnten. Hunderte blass schimmernde Kugeln hingen vor dem Manager in der Luft. Dann verwandelten sie sich. Innerhalb weniger Atemzüge wurden sie zu Gesichtern, unzähligen Gesichtern, die über dem Manager schwebten und auf ihn herabstarrten. Schweigend.

Doch er konnte in jedem der Gesichter eine stumme Anklage lesen. Dann begannen sie zu tanzen, drehten sich in einem gespenstischen Reigen, dessen Mittelpunkt der Manager war. Der schrie auf und drückte nochmals hektisch auf die Alarmtaste unter seinem Schreibtisch. Vergeblich. Niemand kam, um ihm zu helfen. Stattdessen quollen noch mehr Zahlen aus dem Computer und auch aus Aktenschränken hervor. Auch sie zerstoben und wurden zu Gesichtern. Der Manager konnte sich den Blicken der tausend Augenpaare nicht entziehen. Er musste die Gesichter einfach ansehen. Fast alle waren ihm unbekannt – und trotzdem wusste er in seinem Inneren, dass es Leute waren, denen er in irgendeiner Form geschadet hatte.

Er sah Gesichter von Indios, gelb, aufgedunsen – Gesichter von Männern, Frauen und Kindern. Und unwillkürlich kam ihm seine Chemiefabrik in Südamerika in den Sinn, die hochgiftige Abwässer einfach in einen Fluss pumpte. Einen Fluss, der tausenden Urwaldbewohnern das Trinkwasser lieferte. Dann war da ein besonders markantes Gesicht mit charismatischen, lodernden Augen und einem Loch mitten in der Stirn. Und der Manager wusste, dass das der Gewerkschaftsführer in einem afrikanischen Land gewesen war, der sich gegen ihn aufgelehnt hatte. Er hatte den Auftrag erteilt, das Problem zu lösen – ohne genau zu sagen, wie er das meinte. Zwei Tage später war der Gewerkschaftsführer tot gewesen.

Die Gesichter tauchten auf, starrten ihn an und wichen zurück, machten neuen Platz. Schließlich kam das Gesicht jenes Mannes, der da vor ihm tot auf dem Boden lag. Und im selben Augenblick pochte das Herz in der Brust des Managers wie wild und überflutete ihn mit Scham und Reue. Er begriff in einem einzigen Augenblick das ganze Ausmaß der Schuld, die er auf sich geladen hatte. Er fiel vom Sessel und brach in die Knie. Der Schmerz war ungeheuer.

Das Gesicht vor ihm lächelte mitleidlos. „Jetzt spürst du, was wir empfunden haben."
„Bitte, ich halte das nicht aus ...", flehte der Manager.
Wenn er doch nur all das Unrecht hätte ungeschehen machen können. Geld! Plötzlich war es ihm nicht mehr wichtig. Was sollte er damit schon anfangen?
„Ich werde es wiedergutmachen, alles wiedergutmachen."
Das Gesicht lächelte bitter. „Niemand bringt die Toten zurück. Und was du auch in Zukunft tust, diese Schuld kannst du nicht begleichen."
Der Manager deutete auf hunderte Gesichter. „Ich halte ihre Blicke nicht aus. Es muss doch eine Möglichkeit geben, sie zu besänftigen."

Das Antlitz des Attentäters lächelte. „Das ist unsere Rache. Sie werden dich jede Nacht heimsuchen. Und weil du nun mein Herz in deiner Brust trägst, wirst du bei ihrem Anblick Schuld und Leid empfinden. Du wirst dir bald wünschen, tot zu sein. Aber mein Herz ist stark ...!"

Der Weihnachtsbaum

„Heuer kauft ihr aber keinen so großen", beschwor mich meine Frau, wie jedes Jahr, bevor ich mit meiner Tochter ausrückte, um einen Weihnachtsbaum zu erwerben. Seit Jahren machten wir beide das gemeinsam. Das war schon fast eine Tradition. Heuer war ich allerdings bereit gewesen, damit zu brechen und auch meinen Jüngsten mitzunehmen. Doch der sah mich nur an, als hätte ich ihm vorgeschlagen, bei Minusgraden nackt in unseren Gartenteich zu springen, und verzog sich demonstrativ in sein Zimmer. Seine Pubertät und mein adventlich-familiäres Harmoniebestreben gingen irgendwie nicht zusammen. „Jaja", sagte ich seufzend zu meiner Frau, womit ich ihr Misstrauen aber eher schürte als beschwichtigte. Sie stand noch mit drohend erhobenem Zeigefinger vor der Haustür, als wir schon im Auto saßen.

Meine Tochter und ich fuhren also zum nahen Einkaufszentrum, wo ein Landwirt aus dem Mühlviertel seine Bäume feilbot. Als wir ausstiegen, schallte uns ein seltsames Krächzen entgegen. Ich brauchte nur ein paar Augenblicke, bis ich begriff, dass ich da Andreas Gabalier hörte, der sich mit heiserer Stimme am Song „Last Christmas" der Gruppe *Wham!* verging. Gemeinsam bildeten sie eine Mischung, die einen spontanen Fluchtimpuls in mir auslöste. Ich setzte mich wieder ins Auto und schlug rasch die Tür zu, fast im gleichen Augenblick wie meine Tochter. Sie war so ein kluges Kind. Wir sahen uns an und mussten lachen. Dann beratschlagten wir, ob wir unsere Tanne diesmal anderswo kaufen sollten, entschieden uns schließlich aber dagegen. Bisher waren wir immer zufrieden gewesen. Wir ließen den Weihnachtsbaum traditionell bis Lichtmess am 2. Februar stehen, und in den letzten Jahren hatte keiner in dieser langen Zeit allzu viele Nadeln verloren. Das sprach eindeutig für die Qualität der Mühlviertler Tannen. Natürlich bestand diesmal die Gefahr, dass die Beschallung mit Gabaliers Stimme sie nachhaltig geschädigt hatte, aber ich hoffte auf ihre Widerstandskraft. Als wir erneut ausstiegen, hörte ich erleichtert, dass die Musik gewechselt hatte. Ein Kinderchor trällerte nun mein vorweihnachtliches Lieblingslied „Leise rieselt der Schnee". Angesichts des Klimawandels würde das zwar wohl ein frommer Wunsch bleiben, doch die Klänge versetzten mich dennoch prompt in Weihnachtsstimmung.

Wir betraten das umzäunte Christbaumareal und begannen, uns umzusehen. Erfahrungsgemäß stach uns der Baum, den wir letztendlich kauften, sofort ins Auge. Aber diesmal nicht, und das machte die Sache kompliziert. Mit den Weihnachtsbäumen ist es nämlich wie mit dem eigenen Körper, man jagt einem Idealbild nach, das meist unerreichbar ist. So war es auch jetzt: Bei dem einen Baum standen die Äste zu weit auseinander, bei dem anderen waren sie zu dicht, ein dritter war zur Spitze hin zu kahl, ein vierter überhaupt zu unregelmäßig gewachsen und ein fünfter sah aus wie mein Jüngster – knochendürr. Was hatte ich meinen Sohn nicht schon angefleht, doch endlich seine Ernährung umzustellen. Er nahm nur sehr wenig zu sich – und dann hauptsächlich Pommes, Chips, Pizza und Cola. Gemüse und Obst hielt er für hochgiftig, und schwamm in der Suppe nur ein kleines Stückchen Karotte, dann schob er den Teller sofort weit von sich und bedachte mich mit einem so anklagenden Blick, als trachtete ich ihm nach dem Leben. Nein, ich hatte wirklich keine Lust auf einen Weihnachtsbaum, der mich ständig an diese Probleme erinnerte.

Der Bauer spürte wohl, dass ich in meinem Entschluss, bei ihm zu kaufen, wankte, daher kam er zu uns und begann die Vorzüge der einen oder anderen Tanne anzupreisen. Dass ich mir plötzlich die Ohren zuhielt, empfand er bestimmt als unhöflich, aber was konnte ich dafür, dass schon wieder Gabaliers Stimme aus dem Lautsprecher drang und dem eineinhalb Jahrhunderte alten „Es wird scho glei dumpa" erbarmungslos jede Würde raubte? Meine Tochter ist ein ausgesprochen tapferes Mädchen. Sie hielt Gabalier stand und verwickelte den Christbaumverkäufer in ein Gespräch, um ihn von meinem seltsamen Verhalten abzulenken. Die Blicke, die er mir ab und an zuwarf, waren aber eindeutig. Er hielt mich für nicht ganz dicht. Endlich gab mir meine Tochter das Zeichen, dass Gabalier ausgesungen hatte, und ich nahm die Hände von den Ohren. „Ich bin allergisch gegen Katzenjammer", sagte ich ironisch. Der Bauer blickte mich strafend an. Bestimmt war er ein Fan des selbst ernannten Alpenrockers. Nun, über Geschmack lässt sich bekanntlich trefflich streiten und wir mussten ja keine dicken Freunde werden, ich wollte schließlich nur einen Christbaum kaufen. Zu diesem Schluss kam der Bauer offenbar auch, ignorierte also meine Bemerkung zu Gabaliers Gesangskünsten und begann, mir erneut die Vorzüge seiner Tannen anzupreisen. Doch keine konnte mich überzeugen. „Vielleicht sollten Sie sich einfach einen Baum vom Christkind wünschen", schlug mir der Verkäufer schließlich genervt vor.

In diesem Augenblick stieß meine Tochter mich in die Seite. „Das ist er", sagte sie und wies auf einen Baum ein Stück weit entfernt, in dem Bereich, den ich bisher bewusst vermieden hatte, weil dort die zu hohen Tannen standen. Als ich hinschaute, wusste ich, dass meine Tochter recht hatte. Die Nordmanntanne, die sie entdeckt hatte, war kerzengerade gewachsen, die Reihen waren völlig symmetrisch, die Äste rundherum gleich lang, die Nadeln saftig grün. Sie war sozusagen die Miss Universum unter den Tannen. Perfekt – und viel zu groß!

Ich dachte an den erhobenen Zeigefinger meiner Frau und wollte meiner Tochter schon sagen, dass dieser Baum nicht infrage kam, doch da blickte ich in ihre großen braunen Augen, die mich anstrahlten ... und wusste, dass ich verloren hatte. „Findest du nicht, dass er vielleicht ... äh ...ein wenig zu ... äh ... hoch sein könnte? Du weißt ja, was Mama gesagt hat", machte ich dennoch einen halbherzigen Versuch, das Ungemach abzuwenden, das mir von meiner Frau drohte, wenn ich mit diesem Baum nach Hause kam.
„Er ist perfekt", sagte meine Tochter gnadenlos.
„Wie hoch ist Ihr Wohnzimmer?", mischte sich der Bauer ein.
„Ich weiß nicht. Ich schätze, zwei Meter sechzig", sagte ich zögernd.
Er grinste. Hämisch, wie mir schien. Offenbar witterte er eine Gelegenheit, mir die Bemerkung über Gabaliers Katzenjammer heimzuzahlen. „Dann geht sich das aus", sagte er im Brustton der Überzeugung zu meiner Tochter. „Der Baum ist ja nur zweieinhalb Meter hoch." Er lächelte mich süffisant an. „Und im Notfall können Sie ja die Spitze kürzen!"

Ich dachte daran, dass Musik angeblich die Menschen verbindet. Von wegen! Ich war nahe daran, ihm zu sagen, wohin er sich die Spitze stecken solle, doch in diesem Moment jubilierte der Kinderchor aus dem Lautsprecher „Fröhliche Weihnacht ...“. Das brachte mir in Erinnerung, dass jetzt ja die Zeit der Freude, der Liebe und der Nachsicht war. Ich atmete tief durch. „Wie viel soll er denn kosten?“, fragte ich.

„70 Euro“, erklärte der Mann.

Das war mehr, als ich erwartet hatte, und auch mehr, als ich ausgeben wollte. Und wenn ich den Baum kürzen musste, was wohl unvermeidlich war, dann schnitt ich zehn Euro einfach weg. Dazu war ich nicht bereit. „Das ist zu teuer, findest du nicht?“, fragte ich meine Tochter. Vielleicht konnte ich meinen Kopf ja doch noch aus dieser Schlinge ziehen. Aber ich hatte die Rechnung ohne den Bauern gemacht.

„Weil Sie und Ihre Tochter mir so sympathisch sind, bekommen Sie ihn um 60 Euro“, sagte er mit einem fast sadistischen Grinsen. Ich hätte ihn erwürgen mögen. Stattdessen blickte ich meine Tochter an, die über das ganze Gesicht strahlte, fast so, als hätte sie gerade das Christkind gesehen. „Also gut!“, sagte ich. „Wir nehmen ihn!“

Der Mann schnappte sich den Baum, um ihn in ein Transportnetz zu hüllen. Ich zahlte und schleppte die Tanne gemeinsam mit meiner Tochter zum Auto. Dort wartete die nächste böse Überraschung auf mich. Der Baum passte nicht hinein. Er war zu lang. Es blieb uns nichts übrig, als die Spitze hinten aus dem Wagen hinausstehen zu lassen. Das war nicht weiter schlimm, weil ich immer ein paar Expander dabeihatte und die Kofferraumtür damit problemlos festzurren konnte. Allerdings schwante mir jetzt wirklich Übles, wenn ich an unser Wohnzimmer dachte. Schon der Baum im Vorjahr hatte fast bis zur Decke gereicht – und der hatte im Auto Platz gehabt.

Während der Heimfahrt verspürte ich ein komisches Ziehen im Bauch. Es kam mir bekannt vor, aber ich wusste zuerst nicht, warum. Dann fiel es mir ein: So hatte ich mich gefühlt, wenn ich als Bub von der Schule heimkam und meiner Großmutter, bei der ich aufgewachsen war, einen Fünfer beichten musste. Mir bangte vor dem Donnerwetter. Jetzt ging es mir ähnlich: Meine Frau würde nicht erfreut sein, wenn sie den Baum sah, ganz und gar nicht erfreut.

Zuhause angekommen, luden wir die Tanne aus und ich lehnte sie an die Wand der Garage.
„Na, habt ihr einen schönen Baum gekauft?“, fragte meine Frau, als wir das Haus betraten.
Meine Tochter strahlte sie an. „Den schönsten, den wir je hatten.“
Meine Frau lächelte. „Na, dann ist es ja gut!“
Sie sah mich an. „Und er ist auch nicht zu groß?“, fragte sie streng.
„Liegt Größe nicht eigentlich im Auge des Betrachters?“, antwortete ich kryptisch, denn etwas Gescheiteres fiel mir beim besten Willen nicht ein.
Meine Frau runzelte die Stirn. Doch da läutete zum Glück ihr

Handy. Eine ihrer Freundinnen war dran. Ich atmete erleichtert auf. Das Gespräch würde sicher ein bis zwei Stunden dauern und mit ein wenig Glück hatte sie den Baum bis dahin vergessen. Das gab mir eine Gnadenfrist – bis zum nächsten Tag.

Die Stunde der Wahrheit kam gegen Mittag. Bei uns war es üblich, den Weihnachtsbaum am 23. Dezember aufzustellen und am Abend gemeinsam mit den Kindern zu schmücken. Mit einem mulmigen Gefühl schälte ich die Tanne aus dem Netz und schleppte sie zur Terrassentür. Sie war tatsächlich hoch, aber nicht nur das, sie war auch sehr breit. Das wurde mir spätestens in dem Augenblick bewusst, als sich ihre Äste im Türrahmen verkeilten und ich weder vor- noch zurückkonnte. Ich versuchte den Baum zu befreien, doch alles Rütteln war vergeblich. Schließlich ergab ich mich in mein Schicksal: „Äh, Schatz. Kannst du mir vielleicht kurz helfen?", bat ich meine Frau. Was sonst hätte ich tun sollen?
„Komme gleich", rief sie aus dem Badezimmer, wo sie sich gerade an der Schmutzwäsche zu schaffen machte. Ich hörte sie den Gang durchqueren, dann trat sie ins Wohnzimmer. Sie blieb stehen wie vom Donner gerührt und starrte uns nacheinander ungläubig an: zuerst den Baum, dann mich.
„Bist du jetzt völlig übergeschnappt?", fragte sie.
„Na ja ... ich gebe ja zu ... ich meine ... ich hätte nicht gedacht ... und du weißt ja, ich bin schlecht im Schätzen ...", stotterte ich. „Aber er wird schon passen!"

Meine Frau sagte vorerst gar nichts mehr, aber immerhin kam sie mir zu Hilfe. Ich schob und sie zerrte und so brachten wir die

Tanne schließlich durch die Tür. Doch als ich den Baum aufrichten wollte, bog sich die Spitze an der Decke. Er war mindestens zehn Zentimeter zu groß. Von wegen zwei Meter fünfzig. „Traue keinem, der freiwillig Gabalier hört", murmelte ich verbittert. Für meine Frau redete ich wohl nur Unsinn, und das bekräftigte sie in ihrem Urteil.
„Du bist eindeutig übergeschnappt!", diagnostizierte sie.
„Äh ... na ja ... draußen hat er gar nicht so groß ausgeschaut", sagte ich kleinlaut.
Sie schüttelte ungnädig den Kopf. „Es ist hoffnungslos mit dir. In der Weihnachtszeit wirst du zu einem großen Kind", sagte meine Frau. „Besser gesagt zu einem großen Kindskopf."
Was sollte ich angesichts des Baumes, der höher war als unser Wohnzimmer, zu meiner Verteidigung sagen? Ich kam zur Einsicht, dass Schweigen in diesem Fall Gold war.

Ich bat meine Frau, die scharfe Zange aus dem Werkzeugkoffer zu holen, und kappte die Spitze der Tanne fünf Zentimeter oberhalb der ersten Astreihe. Gemeinsam hievten wir den Baum in den vorbereiteten Christbaumständer und ich schraubte die Halterung zu. Dann standen wir schnaufend vor Anstrengung vor der Tanne.
„Sie sieht wackelig aus!", sagte meine Frau. „Glaubst du, sie hält?"
In diesem Augenblick kam mein jüngster Sohn zur Tür herein.
„Der ist aber groß", sagte er.
„Er passt genau", sagte ich.
„Er ist zu groß", sagte meine Frau!
Sie hatte gerne das letzte Wort.
„Hält der auch?", fragte mein Sohn.

„Natürlich!", wollte ich sagen, doch ich kam nicht mehr dazu. Denn in diesem Moment schlich sich unser Kater Schnurli neugierig an den Baum und tappte mit beiden Pfoten auf einen der unteren Äste. Die Tanne wankte ... und fiel. Die Spitze krachte auf den Wohnzimmertisch und stieß eine Vase zu Boden.

„Der Baum!", schrie ich.
„Schnurli!", schrie mein Sohn.
„Meine Vase!", schrie meine Frau.
Der Kater blieb heil, der Baum auch, die Vase allerdings ...! Ich schaute auf die Scherben am Boden und dann auf den Baum.
„Ich glaube, wir brauchen einen größeren Christbaumständer", sagte ich und verließ fluchtartig das Haus. Ich wusste, dass Angriff manchmal die beste Verteidigung war, entschied mich aber dagegen, meiner Frau zu sagen, dass die Vase ohnehin scheußlich gewesen war. Kopflose Flucht schien mir in diesem Augenblick die bessere Strategie. Ich hoffte, dass sich die Wellen etwas geglättet hatten, bis ich nach Hause kam.

Ich fuhr zum nahen Baumarkt und kaufte den schwersten Christbaumständer, den sie hatten. Als ich unser Haus betrat, strafte mich meine Frau mit Missachtung. Sie verstand es so gut, mir das Gefühl zu geben, ich sei Luft, dass ich nach einer Weile selbst unsicher wurde, ob ich überhaupt existierte. Gemeinsam mit meinem Jüngsten gelang es mir immerhin, die Tanne im neuen Christbaumständer zu fixieren. Derweilen hörte ich meine Frau in der Küche herumhantieren. Dabei murmelte sie vor sich hin. Ich wusste, wenn sie Selbstgespräche führte, dann war Gefahr in Verzug – und ihrem Ton nach zu schließen ging es um mich und die Tanne. Meine Frau glich jetzt einem brodelnden Vulkan, der jederzeit ausbrechen konnte. Zum Glück musste sie dann außer Haus. Sie ist Seelsorgerin und hatte an diesem Nachmittag beruflich zu tun. Als sie wieder heimkam, waren alle vier Kinder da. Gemeinsam mit meinen drei Söhnen und meiner Tochter hatte ich schon mit dem Schmücken des Baumes begonnen.

Der Blick, mit dem mich meine Frau begrüßte, war zwar noch immer eisig, dennoch hatte ich das Gefühl, ihr Zorn sei schon ein wenig verraucht. Doch dann fiel ihr Blick auf den Baum und ihre Miene verdüsterte sich. Ich wusste auch genau, warum. Die schöne rote Christbaumspitze, die ihr so gut gefiel und die bisher jeden unserer Bäume geziert hatte, hatte diesmal absolut keinen Platz. Dafür war die Tanne zu hoch. Stattdessen hatte ich aus einer alten Schachtel, wo ich noch Christbaumschmuck meiner Großmutter aufbewahrte, einen zerrupften Engel herausgeholt und oben am Baum platziert. Irgendwie fand ich das passend, schließlich hatte der Baum auch unseren Hausfrieden zerrupft. Meine Frau sagte vorerst gar nichts, half uns aber immerhin, den Baum fertig zu schmücken. Ich wertete das als ein gutes Zeichen.

Am späten Abend saßen wir dann zu zweit im Wohnzimmer und betrachteten die Tanne.
„Schön. Nicht wahr?“, fragte ich vorsichtig.
„Zu groß!“, sagte meine Frau ungnädig.

„Aber schön“, sagte ich.
Sie schwieg lange. „Ja“, gab sie schließlich widerwillig zu. „Schön ist er schon. Aber zu groß!“
„Okay. Du hast recht. Er ist zu groß“, gab ich klein bei.
Dieses Eingeständnis schien meine Frau endgültig zu besänftigen. Sie beugte sich zu mir herüber und hauchte mir einen Kuss auf die Lippen. „Kindskopf“, sagte sie und ich wusste, dass sie mir vergeben hatte.
Ich nickte ergeben. „Ich schwöre dir, dass ich nächstes Jahr einen kleineren Baum kaufen werde“, erklärte ich.
„Nächstes Jahr ...“, sagte sie mit einer so gefährlich zuckersüßen Stimme, dass sie jeden Widerspruch meinerseits von vornherein im Keim erstickte, „... nächstes Jahr kaufe ich den Baum!“
Ich antwortete nicht. Ich wusste ja, wie ungern meine Frau einkaufen ging – von Kleidung einmal abgesehen. Und ein Jahr war eine lange Zeit, um zu vergessen. Wir würden sehen ...!

Damals im Stall

Eigentlich hatte ich mich auf einen ruhigen Abend im Stall gefreut, ohne das ewige Gemeckere der Schafe, das einem schon ganz schön auf die Nerven gehen konnte, vor allem wenn man so große und feine Ohren hatte wie ich. In dieser Nacht waren sie mit den Hirten draußen auf einer der weiter entfernten Weiden, und das hieß, dass im Stall wohltuende Ruhe herrschen würde. Der Ochse störte mich nicht. Er hatte ein sehr einfaches Gemüt. Wenn er nicht gerade vor einen schweren Karren oder Pflug gespannt war und wenn er genug zu fressen hatte, war er zufrieden.

Ich legte mich gemütlich hin. Schön. Auch ein Esel hatte Anrecht auf ein wenig Ruhe. Doch die war von kurzer Dauer, denn zwei Menschen betraten den Stall und blieben an der Tür stehen. Ihr Fell, das sie – wie ich wusste – ablegen konnten (sie sind seltsame Geschöpfe), war sehr schmutzig. Sie mussten wohl einen langen Weg hinter sich haben und wirkten erschöpft. Es waren ein Männchen und ein Weibchen, soweit ich es erkennen konnte. Und das Weibchen war offenbar trächtig. Der Bauch war so groß, dass es nicht mehr lange dauern konnte, bis es ein Junges werfen würde. Ungewöhnlich – sogar für Menschen – war, dass über ihren Köpfen gelb schimmernde Ringe schwebten. So etwas hatte ich zuvor noch nie gesehen. Aber was wusste ich schon über die Menschen. Vermutlich kamen die beiden von weit her, und vielleicht war das dort, wo sie lebten, ganz selbstverständlich.

Der Mensch, den ich für ein Männchen hielt, weil er größer war und neben dem natürlichen Fell am Kopf auch noch ein kleineres rund ums Maul hatte, sah den Ochsen und mich an. „Wir sind weit gewandert und die Sterne stehen schon am Himmel“, sagte er. „Dürfen wir die Nacht bei euch im Stall verbringen? Kein Wirtshaus hat uns aufgenommen, und meine Frau braucht dringend Ruhe.“ Ich starrte ihn verblüfft an, denn ich hatte verstanden, was er sagte. Bisher waren mir die seltsamen Kläff-Laute der Menschen immer ein Rätsel gewesen. Fast noch erstaunlicher war allerdings, dass er den Ochsen und mich um Erlaubnis bat, im Stall zu nächtigen. Normalerweise taten die Menschen, was sie wollten, ohne dabei auf uns Tiere irgendeine Rücksicht zu nehmen, und oft sogar zu unserem Schaden.

„Ja“, muhte der Ochse, der den Menschen offensichtlich auch verstanden hatte und den das überhaupt nicht zu verwundern schien. Na ja, er war – wie gesagt – eher ein schlichter Charakter. „Wir haben Platz genug, die Schafe sind ja nicht hier.“ Mir war diese rasche Zustimmung gar nicht recht. Ich wandte mich dem Ochsen zu: „Stell dir mal vor, wir würden zu ihnen ins Haus kommen, um dort zu übernachten. Sie würden uns auf jeden Fall davonjagen“, sagte ich. Er nahm ein Maul voll Heu und kaute nachdenklich darauf herum. „Ja, aber wollen wir denn so sein wie die Menschen?“ Das machte mich erst einmal sprachlos. So einen tiefschürfenden Gedanken hatte ich ihm gar nicht zugetraut. Hier war offenbar ein sehr seltsamer Zauber am Werk, der tumbe Ochsen kluge Sachen sagen und uns Tiere die menschliche Sprache verstehen ließ.

Ich drehte mich wieder zu den beiden Menschen um. Das Weibchen sah ganz elend aus, es hatte offenbar Schmerzen. Kam vielleicht schon das Junge? Ich fühlte Mitleid in mir emporsteigen, und das ging mir gegen den Strich. Aber der Ochs hatte recht, wir konnten sie nicht davonjagen. „Iiiii...Jaah", beantwortete ich die Frage des Menschenmannes. Er schaute mich nur verwirrt und fragend an. Wenn auch ich ihn verstand, so schien er – Zauber dieser Nacht hin oder her – meiner Sprache doch nicht mächtig zu sein. Also nickte ich mit dem Kopf, so wie die Menschen es tun. Das verstand er, nickte auch und zeigte mir dann seine Zähne. Es sah gruselig aus, doch ich wusste, dass er mich nicht fressen wollte, sondern dass die Menschen damit untereinander Freude, Dank oder auch Zuneigung ausdrückten. Sie waren wirklich sehr seltsame Wesen.

Ich machte den beiden Menschen den Weg in den Stall frei. Die Frau ließ sich sofort auf einem Haufen Stroh nieder. Sie stöhnte und dann schrie sie plötzlich. Jetzt war ich sicher, dass sie bald werfen würde. „Das haben wir nun davon", sagte ich missmutig zum Ochsen. „Wir werden in dieser Nacht kein Auge zumachen!"

Ich sollte mit meiner Vermutung recht behalten. Das Gestöhne und Gejammere nahm kein Ende. Ich konnte mich nicht daran erinnern, dass die Schafe so ein Gewese um eine Geburt machten. Da ging das alles viel ruhiger ab. Bei einer Eselin hatte ich es noch nicht miterlebt. Nach ein paar Stunden hatte ich genug, ging nach draußen und entfernte mich so weit vom Stall, bis ich die Schreie der Frau nicht mehr hören konnte.

Die Stille war wohltuend. Als ich mich umdrehte, staunte ich nicht schlecht, denn genau über dem Stall hing eine große gelbe Kugel.
„Was ist das?“, fragte der Ochse, der mir gefolgt war.
„Ein sehr seltsamer Stern“, sagte ich.
Der Ochse muhte ängstlich. „Er wird uns auf den Kopf fallen“, erklärte er düster und fügte dann, als ob das die Bedrohung in irgendeiner Weise mindern würde, hinzu: „Aber wenigstens hat er einen schönen Schweif!“
Da musste ich ihm allerdings recht geben. Und der Ochs und ich verstanden etwas von Schweifen. Jener des Sterns war lang und leuchtend und zum Ende hin gezackt. An den Rändern schien er in ständiger Bewegung zu sein.

Ich beobachtete den Stern eine Weile. Es sah nicht so aus, als würde er noch näher kommen. „Ich glaube nicht, dass er herabfällt“, sagte ich. Was mir viel mehr Sorgen bereitete, war, dass der Stern sicher weithin zu sehen war. Ich befürchtete, dass er noch andere Menschen zu unserem Stall locken würde. Bestimmt hatte das alles mit dem Pärchen zu tun, das wir aufgenommen hatten. Ich schnaubte ärgerlich. Wir hätten die Menschen besser wegjagen sollen. In diesem Augenblick hörten wir vom Stall her einen seltsamen, plärrenden Laut. Ich brauchte eine Weile, bis ich begriff, dass die Frau wohl endlich geworfen hatte und statt ihr nun das Junge schrie. Ich würde in dieser Nacht tatsächlich keine Ruhe mehr finden.

Der Ochs und ich blieben noch eine Weile, wo wir waren, und betrachteten den leuchtenden Stern. Im Stall war es wider Erwarten nun doch ruhig geworden und mich packte zugegebenermaßen die Neugier. Dem Ochsen schien es ähnlich zu gehen. Wir schauten uns an, trabten los und betraten den Stall. Die Frau lag im Stroh und das Junge saugte an einer ihrer Zitzen. Es hatte kein Fell. Das Männchen stand ein wenig abseits, fast so, als würde es nicht richtig dazugehören.
„Sieht scheußlich aus", sagte der Ochse, der das Junge betrachtete.
„Na ja, ein Mensch halt", sagte ich.

In diesem Moment hörte das Junge auf zu trinken, wandte den Kopf und sah uns an. Hatte es womöglich verstanden, was wir gesagt hatten? Obwohl es gerade erst zur Welt gekommen war, waren seine Augen klar und ihr Blick durchdringend. Es war, als schauten sie direkt in mein Herz. Ich war wie gebannt und konnte mich nicht abwenden, bis der kleine Mensch einen glucksenden Laut ausstieß, der fast wie ein Lachen klang, und sich wieder die Zitze seiner Mutter schnappte. Er trank noch ein Weilchen, dann schlief er ein.

Jetzt wagte sich auch der Menschenmann heran. Er nahm der Frau das Junge aus den Händen. Dabei erblickte ich das kleine Ding zwischen dessen Beinen.
„Hast du das gesehen? Es ist ein Männchen!", sagte ich zum Ochsen.
Er sah mich nur verwirrt an. „Was gesehen? Was meinst du?"

Armer Ochse. Andererseits: Wenn er nicht wusste, was ihm fehlte, vermisste er wohl auch nichts.
„Nicht so wichtig, vergiss es", sagte ich.
Der Menschenmann wickelte das Junge in ein Tuch und bettete es auf die Futterkrippe.
„Warum legt er es auf unser Essen?", fragte der Ochse verständnislos.

In diesem Moment drang von draußen Stimmengewirr herein und schon traten Hirten in den Stall. Na toll. Wenn jetzt auch noch die Schafe kamen, dann würde es hier so richtig eng werden. Doch die Hirten waren offenbar allein unterwegs. Sie nahmen die komischen Felle ab, die sie unsinnigerweise auf den Köpfen trugen, den einzigen sichtbaren Körperteilen, wo sie ohnehin ein richtiges Fell hatten, und knieten sich vor der Futterkrippe nieder, auf der das Menschenjunge lag.
„Der Messias", hörte ich sie ehrfürchtig flüstern. „Seht nur. Er ist es tatsächlich!"
Ich hatte keine Ahnung, was das heißen sollte. Aber beeindruckt war ich schon, denn ich wusste, dass die Hirten raue Gesellen waren, die nicht so schnell vor jemandem auf die Knie gingen. Es musste etwas Besonders dran sein, an diesem Menschenjungen!

Ich hatte ja gehofft, dass das Pärchen mit seinem Jungen nach ein, zwei Tagen wieder verschwinden würde, aber es machte keinerlei Anstalten dazu. Das war wieder typisch für die Menschen. Uns Eseln sagte man nach, wir seien störrisch und unberechenbar, dabei mussten doch die Menschen immer ihren Kopf durchsetzen und verlangten von uns, dass wir widerspruchslos gehorchten. Wir Esel mussten sie zum Beispiel auf unserem Rücken herumschleppen, aber umgekehrt kam das überhaupt nicht infrage. Ein Kumpel von mir hatte einmal seinen Menschen abgeworfen und sich dann auf ihn gesetzt. Das gab vielleicht einen Aufstand. Sie schlachteten ihn, machten Wurst aus ihm und fraßen ihn auf. Da wundere sich noch einer, wenn ich keine gute Meinung von den Menschen habe. Uns Eseln würde es nie einfallen, einen von ihnen zu verspeisen. Allein der Gedanke ist ekelerregend.

Die Familie blieb also – ohne uns noch einmal um Erlaubnis zu fragen – im Stall, und drei Wochen lang herrschte ein ständiges Kommen und Gehen. Täglich kamen irgendwelche Menschen vorbei, um dem Kind zu huldigen, wie sie es ausdrückten, und manche nannten es sogar König. Das war offensichtlich eine Art Leitesel bei den Menschen.

Gestern waren dann drei ganz komische Typen da; die kamen auf großen Tieren angeritten, die sich Kamele nannten. Solche Geschöpfe hatte ich nie zuvor gesehen. Sie waren wirklich sehr groß, aber freundlich und ähnlich schlichte Gemüter wie der Ochse. Viel war nicht aus ihnen herauszubringen, nur, dass sie von weit her kamen und dass es dort, wo sie lebten, viel heißer war als bei uns. Sie behaupteten, dass sie drei Wochen ohne Wasser auskommen konnten, was ich aber für eine glatte Lüge hielt. Ihre Reiter hatten noch komischere Felle an als die Menschen hier bei uns. Sie brachten dem Kind – so nannten die Menschen, wie ich inzwischen herausgefunden hatte, ihre Jungen – eigenartige Sachen: Weihrauch, Myrrhe und Gold. Nichts davon konnte man fressen. Hätten nicht die Hirten immer wieder mal Käse und Schafmilch vorbeigebracht, wäre die Familie vermutlich verhungert.

Auch die seltsamen Fremden knieten natürlich vor dem Kind nieder und huldigten ihm. Dann ging einer von ihnen aus dem Stall und winkte dem Menschenmann verstohlen, ihm zu folgen. Das machte mich neugierig, also trabte ich auch hinaus, um ihrem Gespräch zu lauschen. Der Ochse trottete mir hinterher.
„Ihr müsst fliehen. König Herodes trachtet eurem Sohn nach dem Leben. Er lässt alle kleinen Kinder umbringen", sagte der Fremde ernst zu dem Menschenmann, von dem ich inzwischen nicht mehr sicher war, ob er tatsächlich der Vater des Jungen war. Er sah das Kind immer mit einer gewissen Scheu an, als wäre es ihm nicht ganz geheuer.
„Hast du das gehört?", sagte ich zum Ochsen. „Menschen sind wirklich die schrecklichsten Raubtiere. Nicht einmal ihre Jungen sind vor ihresgleichen sicher."
„Wollen sie es fressen?", fragte der Ochse. Bei ihm drehte sich alles nur um das eine.
„Unsinn. Ich glaube, dieser König Herodes hat Angst, dass das Menschenjunge der neue Leitesel werden will."
„Warum sollte ein Mensch ein Esel werden wollen?", fragte der Ochse.
Ich gab es auf.
Die beiden Menschen waren inzwischen wieder in den Stall hineingegangen, und wir folgten ihnen. Wenig später verabschiede-

ten sich die drei Fremden und zogen mit ihren Kamelen davon – wohin auch immer.

Der Menschenmann wandte sich an sein Weibchen. „Wir müssen fort, Maria. Herodes will deinen Sohn ermorden", sagte er. Sie sah ihn erschrocken an. „Er will Gottes Sohn ermorden?"
Also doch. Ich hatte ja geahnt, dass der Mann nicht der Vater war, sondern ein anderer, der offenbar Gott hieß.
Der Mann nickte.
„Aber wohin sollen wir uns wenden, Josef?", fragte die Frau.
Der Mann zuckte mit den Schultern. „Ich weiß es nicht. Gott wird uns den Weg weisen. Wir sollten uns noch ein wenig ausruhen, bevor wir losgehen." Er sah mich an. „Kannst du uns wecken, wenn etwas Ungewöhnliches geschieht oder uns Gefahr droht?", fragte er.
Ich nickte widerwillig, aber die Aussicht, dass sie bald aus dem Stall verschwinden würden, stimmte mich gnädig.

Die beiden Erwachsenen ließen sich ins Stroh sinken und schliefen bald ein. Das Junge, das zwischen ihnen lag, blieb wach. Neugierig ging ich hin, um es noch einmal genau zu betrachten. Es sah mich an und streckte die kleinen Arme nach mir aus. Ich trat noch ein bisschen näher und plötzlich legte es seine kleinen Hände auf meine Nüstern. Es war, als träfe mich ein Blitz. Ich spürte, dass diesem Menschen nichts Böses anhaftete und dass er nicht nur seinesgleichen liebte, sondern alle Geschöpfe auf dieser Erde. Er war wie ein helles Licht in der Finsternis, und er rührte mein Herz. Dann verschwamm plötzlich die Welt, und statt im Stall stand ich inmitten einer großen Menge, die einem Menschen zujubelte, der auf einem Esel in eine Stadt einritt. Und ich wusste, dass dieser Mann das Kind war, nur viel älter – und der Esel, der ihn trug ... war mein Sohn! Ich wusste nicht, warum, aber das erfüllte mich mit großem Stolz.

Das Bild verblasste und ich war wieder im Stall. Das Menschenjunge nahm die Hände von meinen Nüstern, aber ich wusste nun, dass sein und mein Schicksal miteinander verwoben waren. Es sah mich an und gluckste. Wieder klang es wie ein Lachen.

Plötzlich fiel von hinten ein Lichtschein auf das Kind. Ich fuhr herum, in diesem Augenblick bereit, es mit meinem Leben zu schützen. Wir Esel sind tapfere Tiere – wenn es denn sein muss. Vor mir stand eine große, leuchtende Gestalt mit mächtigen, weißen Flügeln am Rücken. „Das ist ein seltsamer Vogel", sagte der Ochse und trabte aus dem Hintergrund des Stalles nach vorne. Ich musste ihm recht geben. Die Gestalt war genauso durchscheinend wie die Ringe über den Köpfen der Eltern und des Kindes, aber das Eigenartigste an ihr war, dass sie nicht roch. So etwas hatte ich noch nie erlebt. Jedes Wesen hatte seinen eigenen Geruch, doch dieses nicht. Jetzt zeigte es mir seine Zähne. Also war es den Menschen doch gar nicht so unähnlich. Ich nahm nicht an, dass die Gestalt mich fressen wollte, sondern dass sie lächelte, wie die Menschen diese Grimasse nannten.

„Ich habe eine Botschaft für die heilige Familie!", sagte die geflügelte Gestalt. Ich musterte sie skeptisch. Es war schwer, jemanden einzuschätzen, den man nicht riechen konnte, aber in meinem Herzen spürte ich, dass das Wesen nichts Böses im Sinn hatte. Also trat ich zur Seite und es beugte sich zu dem schlafenden Menschenmann hinunter: „Steh auf, nimm das Kind und seine Mutter und flieh nach Ägypten; dort bleibe, bis ich dir etwas anderes auftrage", flüsterte es. Der Mann stöhnte im Schlaf und murmelte etwas Unverständliches. Die durchscheinende Gestalt richtete sich auf, nickte mir zu und ging zur Stalltür. Dort blieb sie noch einmal stehen und sah mich an. „Sei treu und tapfer", sagte sie und verschwand.

Wenig später erwachte der Menschenmann. Er weckte das Weibchen und erzählte ihm, dass ihm ein Engel im Traum erschienen sei und ihm befohlen habe, sofort aufzubrechen und nach Ägypten zu fliehen. Engel – so nannten die Menschen also das geflügelte Wesen.

Ich wandte mich an den Ochsen, der neben mir stand. „Ich muss fort, mein Freund", sagte ich.
Er sah mich aus großen Augen ernst an. „Du gehst mit dem Kleinen?", fragte er.
Ich nickte.
„Das habe ich mir schon gedacht", sagte er. „Ich würde ja selbst mitgehen, aber meine Knochen sind zu alt, und es wird sicher eine lange Reise." Der Ochse sah zu dem Menschenkind hinüber. „Der Kleine ist etwas Besonderes. Das spüre ich. Und er braucht auch einen guten Freund", sagte er.
Wieder gelang es ihm, mich zu überraschen. Er war tatsächlich

nicht so einfältig, wie es manchmal den Anschein hatte. „Leb wohl“, sagte ich. „Und halt die Hörner steif!“
Was sonst hätte ich ihm wünschen sollen.
„Ja, du auch!“, antwortete er.
Ich starrte ihn an. Na ja, zumindest hatte er das Herz am rechten Fleck.

Ich wandte mich dem Menschenmann zu. Ich musste ihm klarmachen, dass ich mit ihnen nach Ägypten gehen würde – und von dort aus, wohin der Weg diesen ungewöhnlichen Menschenjungen auch führen mochte.

Während der Reise würde ich so nebenbei die Augen offen halten, ob nicht eine hübsche Eselin meinen Weg kreuzte. Schließlich würde ich dereinst einen Sohn haben. Ich hatte es gesehen …

Der Autor

Hermann Knapp

Geboren 1964
Lebt in Ansfelden
Arbeitet als Journalist
Mehrere Buchveröffentlichungen: Satiren, Kurzgeschichten und Romane; zuletzt: „Der Auserwählte“ (Verlag Wortreich 2019)
Mitglied der Grazer AutorINNenversammlung,
Obmannstellvertreter des Linzer AutorINNenkreises

Herbert Pauli

IM HERZEN BEWAHRT

Spuren durch den Advent

Was macht den besonderen Reiz des Advents aus?

In kurzen Betrachtungen geht Herbert Pauli dieser Frage nach. Bibelzitate und vertraute Rituale führen ihn dabei in seine Kindheit, in unsere Kindheit, zurück. Dort wurde er grundgelegt, der Zauber dieser mystischen, geheimnisvoll dunklen und zugleich lichten Zeit.

»*Ich glaube nicht zu übertreiben, wenn ich behaupte, alles, was ich als Kind in den Zeiten des Advents mit Eltern und Geschwistern erleben habe dürfen, die Gemeinschaft, die Zuneigung, die Geborgenheit, habe ich in meinem Herzen aufbewahrt und denke darüber nach, besonders wenn die Tage kürzer, die Abende beschaulicher und die Lichter der Kerzen heller werden.*«

ISBN 978-3-903190-22-1
Hardcover, Fadenheftung, Lesebändchen, 72 Seiten

Bestellung und Info unter: www.verlag-am-rande.at

Notburga Falkinger

freudeumzittert die nacht
Texte zur Weihnachtszeit

Ein unkonventionelles Weihnachtsbuch. Auf nicht ausgetretenen Pfaden führt es mit Worten und Bildern an einen stilleren Ort, an dem das Alltägliche durchsichtig wird auf Tieferes hin, an den weihnachtlichen Ort der Empfänglichkeit, der Begegnung, des Berührtseins und des Neubeginns.

Feinfühlig, poetisch, tiefsinnig.

»

Christ- Kind

weitab von allen Heldentaten
weitab von den Netzen
des Nützlichen und Brauchbaren
des Streits um die Welt
erwirbst du dir
auf geheimnisvolle Weise strahlend
eine Wiege im Schnee
einen Platz in der verneinenden Welt

«